Sugar Days

슈가 데이즈

U0551927

2

Author
少年季節
Boyseason

Translator 鮭魚粉
Cover Design 犀萬

Presented by Boyseason

Sugar Days
Contents

SUGAR

슈가 데이즈 Sugar Days

01

Sugar Devil (2)

SUGAR DAYS

DAYS

「跟哥哥已經充分盡興了一回，換成弟弟你想要怎麼做？」

白尚熙把臉靠在徐翰烈的腿上這麼問道。原先整齊的瀏海此刻凌亂地覆蓋住眼眶，浸淫在肉欲之中勾魂攝魄的雙瞳，和姿態散漫斜嘴而笑的模樣，讓整張臉顯得奇詭無比。令徐翰烈無言的是，自己腹部下方竟因此開始發熱發燙。

「嗯？」那人催討著回答。徐翰烈在對方吻上自己小腿肚時，打從心底發出了一聲喟嘆。說真的，白尚熙這傢伙的危害性，恐怕會比任何厲害的夢魔都要來得強大。

下身猛然緊貼徐翰烈的屁股，白尚熙的褲襠已經撐得快爆炸，在服貼的法衣上呈現非常明顯的形狀。徐翰烈噗哧一笑。

「神父嘴上是這麼說，但身體好像不是這麼想啊。感覺神父的肉棒就快要破戒還俗了呢？」他笑著低喃：「再這樣下去，衣服會被撐破的。」

語畢，徐翰烈把自己被綁住的手臂伸到白尚熙面前要他解開。白尚熙依言解開了拴在他手上的皮帶。

堅硬的皮革把白嫩的手腕摩擦得發紅。白尚熙的吻接連落在那受到嚴重刺激的皮膚上。徐翰烈不說話地看著他的動作，撫摸他湊近的臉龐。摸了一會，他突然拆掉白尚熙的羅馬領，讓原本嚴密藏在衣領下的喉結重見光明。

徐翰烈目不轉睛盯著白尚熙緩慢滾動的喉結，豔紅的舌頭忍不住舔了舔下唇。他抓住法衣，猝不及防地往兩旁扯。緊密的釦子彈飛開來，結實的胸膛裸露而出，一條細細的十字架項鍊跟著從中垂落。

徐翰烈定睛注視著在他眼前晃動的十字架，然後用嘴啣住十字架一角，慢慢往自己的方向拉。

「別再假扮聖潔的祭司了，盡情滿足一下個人私欲如何？」

「全能的天主啊，感謝祢賜予我們一切的恩典。」

白尚熙咧嘴笑著說完剩下的臺詞。獨特的嗓音和放慢的語調，加上他性感的外貌，讓本應神聖高潔的祈禱文都變得下流起來。

徐翰烈垂下眼，張開手臂一把摟近緩緩靠近的白尚熙，兩人的唇有些粗暴地吻在一起。急切的舌頭濃烈交纏，不管是唇肉還是門牙或人中皆被津津有味地吸吮，甚至連短暫分離的剎那都感到意猶未盡。儘管一遍又一遍地吞嚥著對方口中交換而來的唾液和氧氣，身體仍始終充滿渴意。

接吻途中忍不住猛蹭著下體的白尚熙迅速掀起了衣角。他拉開褲子拉鍊扯下內褲，怒脹的肉棒「啪」的一聲，重重打在徐翰烈的骨盆上，把正忘情接吻的徐翰烈嚇得一抖。

「什麼嘛，還以為被你用拳頭揍了一拳。」

徐翰烈無奈挖苦，還惡作劇地拍打幾下那不時在抽動、彷彿隨時會爆發的肉柱。白尚熙被徐翰烈玩鬧的動作惹得下半身微顫，只得強忍著呻吟。他最後實在是受不了，不得已地托起徐翰烈下顎，將那隻玩弄性器、不規矩的手向上舉，扣在了沙發上。

「徐翰烈先生因涉嫌違反性暴力犯罪防治法，依法將你逮捕。你有權委任律師，有申辯的機會，並有權向法院提出逮捕拘捕不合理之申請。請問有異議嗎？」

「沒有，哪還會有什麼異議。」

徐翰烈咧起一邊嘴角，挑逗白尚熙似的，用大拇指輕搔他抓住自己的手。就在下一刻，白尚熙扭頭重新堵住了他的嘴。為了承接猛然闖入的舌，徐翰烈自動仰起了腦袋，同時也更加柔軟地敞開身體。

白尚熙熟練地用單手戴上保險套。他把剛才牢牢扣住的手抓到徐翰烈的後穴入口，接著把自己性器末端塞進徐翰烈的指縫之間，龜頭抵上軟嫩的肉穴。

「呃、嗚……！」

白尚熙嘖嘖出聲吸著徐翰烈蜷縮的舌，一面破開下方深深地進入。溼軟的穴口一下子被撐大，奮力地吞吃巨碩的肉柱。由於是從徐翰烈手中推進去的緣故，壓迫感比平時要來得強烈。口中的舌頭遂更為激烈地碰撞，舌根生起了痠麻感。白尚熙光滑的額頭青筋畢現，眉間也出現深邃的皺紋來。

沒多久，沉甸甸的陰囊便直接擠壓在徐翰烈的手指頭上。白尚熙在這種狀態下使勁轉動腰部，塞滿了內部的性器跟著一頓翻旋，慢慢按摩著整個內壁。

「嗯、呃……」

徐翰烈的舌在白尚熙嘴裡無力發軟。雖然他不時也會勃然奮起，但每當下面被狠狠攪動，他只能束手無策地軟化下來，什麼都沒辦法做。感覺到整根沒入的性器被輕輕向外拔出去，徐翰烈就又開始緊張得發抖。

白尚熙再度傾斜了腦袋，覆上去吸吮他的上唇和舌尖，同時下身一個深頂。徐翰烈被他吃進嘴裡的軟舌像過電似的一顫一顫。白尚熙幾乎要把陰囊擠碎般一個勁地搗弄著下體，然後拿開了徐翰烈的手。少了手掌的阻隔後，性器又往前推進一寸。徐翰烈嘴裡忍不住發出微弱的驚呼聲。

宛如在拓鑿道路一般，白尚熙固定速度和深度的抽插維持了一段時間，中途也稍微扭頭淺淺地吻他。徐翰烈的臉頰和耳根逐漸泛起了明顯的潮紅。

「呃啊、呃……嗯、呃……」

「哈啊……喜歡嗎？嗯？你喜歡我這樣弄嗎？」

「呃嗯、呃……哈呃、嗯……」

白尚熙緩慢挺起腰，均勻地攪弄所有的黏膜，將徐翰烈痛苦的呻吟甜蜜地粉碎開來。徐翰烈的身子也更為癱軟，在白尚熙懷中愉悅地上下晃蕩，就連口中呼出的氣體也帶著一絲甜膩。

粗碩的性器不滿足地頻頻擺動身軀，卻也發揮了堅忍耐心，仔細摩擦著柔軟內壁的每個角落，又再從容不迫地進攻，無情壓迫肚子的深處。徐翰烈的身體隨著他的動作，反覆遭到徹底的壓制與輕微的騰起。在穩定而謹慎的插入之下，一股溫熱感滿滿地匯聚在鼠蹊部。

但是這種程度的刺激還遠遠不夠。因前述情況而興奮起來的身軀感到焦灼不已，渴望著更確實的肏幹。

白尚熙還想再吻他，卻瞬間被徐翰烈搧了一巴掌。意外的走向讓白尚熙停下動作，俯視著眼前人。徐翰烈那雙完全沉醉在愛欲的眸子這時微微放大，揪住白尚熙的領子把他拉到自己面前。

「當刑警的人怎麼這麼畏畏縮縮的？你這樣犯人怎麼會願意乖乖招供呢？」

「……啊？」

慢了半拍才反應過來，白尚熙頓時翻轉徐翰烈的身體讓他趴過去，然後粗魯地拽起還掛在徐翰烈手臂上的外套和襯衫。他將衣角纏扭成結，徐翰烈雙臂被迫向後抬高，被他捆得動彈不得。

「呃、你幹嘛……」

「我看您似乎是想要體驗更高格調的調查方式。」

修長的手指將徐翰烈的臀瓣朝兩側掰開。因方才的插入而紅腫的肉穴蠕動個不停，十足令人垂涎。白尚熙將性器抵上去，肉穴便小口小口地把保險套頂端部分吸進去，挑戰著白尚熙薄弱的忍耐力。他嘴角浮現了一抹笑。

下一秒鐘，白尚熙用力按住徐翰烈後頸，分身毫不留情地撞了進去。

「……啊！」

徐翰烈一邊搖頭一邊發出慘呼般的呻吟。然而被猛烈劈開而顫抖的甬道已漸漸適應，開始纏上白尚熙的性器。纏裹得太過緊密，白尚熙甚至連內部腸肉微微的吸附感都能感受到。他狠咬牙關，享受那股沿著脊柱疾竄的顫慄。徐翰烈抓著白尚熙胳膊的兩條手臂，正驚慌地瑟瑟發抖。白尚熙注視了半晌，然後看到徐翰烈的指尖逐漸下滑，就像是在發出無聲的央求。他根本無暇找回理智，洶湧的情欲瞬間將他淹沒。

只見白尚熙的鼠蹊部接連不斷地和徐翰烈的臀部貼合。粗壯的性器一口氣分開內壁，戳進肚子深處，又沿路摩擦發燙的黏膜而撤退。無助地被壓在他身下的徐翰烈持續發出帶著惱怒的呻吟。由於趴著的緣故，本來就瘦巴巴的腹部被壓得更扁，變得加倍緊縮，引得白尚熙每一次剛從徐翰烈體內退出，就急著想再立刻插回去。

白尚熙勉強克制住自己的欲望，慢慢撤出。後穴口明明因無法忽視的異物感而顫抖，但發現龜頭還留在裡面，馬上柔韌地整圈含住向內吞吃。白尚熙垂首目擊到這一幕，整片背部和耳尖有如野火灼燎，大腦也沸騰成一團漿糊。

他立即朝著那小小的洞一頓猛肏，動作快到腰桿大腿都感到痠痛的地步。令人茫然無措的下墜感，強而有力的骨盆和軟綿的臀瓣猛烈地互相撞擊出「啪啪啪」的聲響。白尚熙往徐翰烈體內肆意捅弄，大開大合地進犯，讓徐翰烈完全來不及感受任何餘韻。硬得像石塊的龜頭使勁對著內側黏膜又搗又磨，觸發火辣的快感。徐翰烈的指尖和腳趾不由自主蜷曲了起來。

「呃啊！啊！呃、嗯、呃……哈呃！」

「哈啊、哈、呃、哈啊……」

沸湧的欲望沒有獲得解決，身體反倒越來越飢渴，無論再怎麼狼吞虎嚥都無法感到飽足。彼此的行為皆表現出更加迫切的渴求態度。

完全勃發的陰莖像頭亢奮的野牛，在徐翰烈的肚子裡橫衝直撞。徐翰烈能感覺到裡面變得熱燙又酥麻，很有可能就快要被白尚熙搗壞。與此同時，徐翰烈的呻吟聲也變得益發尖銳，但聽在白尚熙耳裡，倒是成了助長興奮的催化劑。

冷不防地，白尚熙厚實的胸板壓上徐翰烈的背，下巴靠在徐翰烈單側肩膀上。他將一邊膝蓋擠進徐翰烈兩腿之間，讓他雙腿分得更開一些。徐翰烈仍維持著雙臂交叉在後的狀態，感受到白尚熙的重量完完整整壓了上來，他發出小聲悶哼，下半身開始掙扎。扭動的過程當中，原本埋在他體內的性器不小心滑了一半出來。勃怒的性器似乎連這樣都難以接受，上下翻騰著表達抗議之意。

白尚熙重新插了進去，並張嘴含住徐翰烈發紅的耳肉。兩人的骨盆和臀部貼得緊緊，白嫩的臀肉整個被擠在白尚熙腰上，白尚熙也因此插得更深。徐翰烈低聲痛叫，左右扭著頭企圖逃脫。白尚熙卻鍥而不捨追著他，伸舌描繪他的耳廓，還把舌尖送進他耳朵裡，在洞內深處規律戳刺。

不確定過了多久，被白尚熙壓住無法動彈的徐翰烈忽然身子大大一抖，像是觸了電的反應。白尚熙在他耳邊和肩膀上到處親吻，回去磨碾剛才頂到的敏感點。毫無意外地，徐翰烈全身打起了哆嗦來。

「呃啊、呃、嗯、呃、那、那裡……」

「這裡？」

白尚熙裝傻反問，性器再次頂了頂。摩擦到某個特別的地方時，徐翰烈便會發出不知所措的哼叫聲。

白尚熙啞聲說著：「知道了。」明明是很溫柔的語氣，卻讓徐翰烈聽了不由得全身僵硬。他的身體在和白尚熙做愛的過程中習得了某種恐懼，在感應到有危險的當下，發揮本能地攀住了沙發，速度緩慢地匍匐而逃。

但才沒過幾秒，他就被重新逮住拖了回來。白尚熙突然托起他的下腹部，本來貼著沙發的肚子這下懸在半空中，讓徐翰烈整個人失去平衡。徐翰烈還在不安地掙扎，白尚熙已經「啪」地插進他體內。

「呃啊……！」

白尚熙的大掌壓著他似乎被性器插到鼓起來的肚子，增加了不少的壓迫感，前列腺與內壁也更加貼近。光是性器在裡面來回進出，就能引爆那股麻癢的感覺。

「啊呃、嗯、呼、不要、一直、嗯、這樣、呃呃、靠、呃嗯！」

「哈、哈啊、是這邊、對不對？真的、不要嗎？嗯？翰烈啊……呃啊、你確定？」

徐翰烈完全沒辦法集中精神，體內的警報器鈴聲大作，警示燈狂閃。來不及閉合的嘴巴不停流淌出黏稠的津液來。

白尚熙深深低下頭，胡亂親著徐翰烈的臉頰和耳際，一刻不停地對他進行欺壓。徐翰烈從後頸到整片背都泛著紅。大腦像漿糊似的咕嚕咕嚕地沸騰，變得越來越稠。雙眼也老早就被欲火燒融，視線模糊不清。白尚熙耳邊全是徐翰烈隨口發出的哀叫聲。

滅頂般的熱潮將人吞噬，白尚熙凶狠地對著無法反抗的徐翰烈予取予求。他手掌捏著那扁平的胸脯，也體貼愛撫痙攣的小腹，然而腰部卻沒有停下頂撞的動作。脅幹的速度和深度絲毫未減。徐翰烈搖頭搖到脖子都快斷了，也試圖推開白尚熙，卻半點用都沒有。他唯一能做的，就只有隨著暴走的性器在自己體內進進出出而發出狼狽的呻吟。

「呼嗯、呃、啊嗯……啊！咳咳……！」

徐翰烈突然間咳嗽起來。咳得太厲害，甚至還微微乾嘔。白尚熙發現異狀瞬間回神，當即停下動作觀察他的狀況。只見徐翰烈憋住了呼吸，身體一陣一陣地在發顫。

「翰烈？」

「……咳咳！只是有點嗆到而已，繼續吧。」

「我看看。」

「媽的，別壞了好事，我說繼續就繼續！」

徐翰烈的咒罵帶有一絲沙啞，全身抖到停不下來的樣子看起來很不對勁。白尚熙低頭默默看了他一陣，果斷地將他身體翻了過來。徐翰烈過了一會才反應過來要抵抗，可惜已經太遲。

他過程中一直被壓在下面的性器可憐地晃了晃，已忍不住出精的龜頭上裹著溼黏的精液。不單是上下急促起伏的腹部，還有剛才接觸著性器的沙發也是整片的泥濘，讓白尚熙不禁愣住了。

徐翰烈迅速別開頭，但他通紅的臉頰吸引到白尚熙的注意。很快地，一雙充滿霧氣的瞳孔也跟著進入了白尚熙的視野。

白尚熙緩緩低下頭，輕啄徐翰烈發紅的眼尾。帶著一點鹹味的水氣滲進嘴裡，竟讓人回味無窮，喉結禁不住地滾動。白尚熙從徐翰烈發燙的臉頰舔至耳垂，替他把纏在手臂上的衣服一件一件扒下來，也不忘親吻他被衣服磨蹭後留在手上的紅痕。

「要射之前怎麼不先說一聲，這樣我就可以跟你一起高潮了。我都還沒好好疼愛它。」

白尚熙小心翼翼輕撫著徐翰烈漲紅的性器。光是用手觸摸到那不安分的肉莖，徐翰烈小腹就忍不住繃緊。幸好他現在呼吸已逐漸安穩，剛才差點就要喘不過氣來。

「白尚熙。」

微喘的徐翰烈突然發出呼喚，然後兩手向上，舉至半空中。白尚熙隨即把自己的臉湊了上去：「什麼事？」臉頰在徐翰烈的掌心偷偷蹭了蹭。

徐翰烈伸長手圈住他脖子。兩人互相摩擦彼此高溫的耳朵，下巴緊靠在對方的肩膀。白尚熙自動撐起了徐翰烈的背，讓他坐在自己身上。

「……你別因顧慮我而隨便放水，這樣很傷人自尊。」

「好啦，我知道了。」

「繼續。」

徐翰烈愛撫著白尚熙的耳朵，不斷催促他快點開始。他自下而上舔拭著白尚熙整個耳朵，接著往下細細啃咬耳廓。含住耳垂長長一拉，徐翰烈跪坐起來，把舌頭鑽進白尚熙耳道裡。不僅如此，他還伸手到背後，用手掌不輕不重地擼著白尚熙那一柱擎天的肉柱。沒來得及釋放的肉棒於是熱情地湊了上來。始終保持著從容的白尚熙這下子也不得不仰起頭發出慵懶的嘆息，身體因為興奮而大幅搖擺。

徐翰烈悄悄坐上白尚熙的性器，擴張過的後穴哆嗦著，龜頭很輕鬆地便滑了一半進去。洞口收縮個不停，緩緩吞食著白尚熙的龜頭，促使白尚熙的腹肌和大腿肌明顯鼓起跳動。儘管如此，白尚熙仍不懈怠地在徐翰烈肩膀以及手臂上持續烙下親吻，彷彿在鼓勵著他繼續似的。

徐翰烈暫時深吸了幾口氣，然後一寸寸地降下屁股，將剩下的碩大繼續吞入。頂進體內的性器被溫軟的腸肉摩擦全身，大搖大擺地擠開了內壁。體內驟然發脹的感覺讓徐翰烈不禁開始急喘，前額靠在白尚熙肩上蹭來蹭去。不斷用肢體語言訴說著愛意的白尚熙一手扣住他後頸，接著腰身大力上頂，根部原本還在外面的性器於是完完整整地被吃了進去。

「呃呃嗯……嗯、呃……」

「會痛嗎？」

徐翰烈把臉埋在白尚熙的肩膀上搖了搖頭，微微顫抖的手抓住白尚熙的胳膊，將他拉向自己。白尚熙溫柔地吻著徐翰烈的脖子，下半身趁機上頂。性器逆向席捲入內再被拖出，很快地又撞進前所未至的深度，不停往那裡狠戳。

「啊嗚……啊、嗯、呼、呃啊……啊！」

串在一塊的兩具肉體有節奏地上下彈動。徐翰烈就算挺直了腰，但一坐上白尚熙大腿，整個人就只能無助地解體。每當硬挺的性器無情地將甬道劈開，搗碾裡面的嫩肉，觸電般的快感便直衝腦門，令人完全無法抗拒。深沉的餘韻引發了痙攣，身體因此細微地顫抖起來。

白尚熙一手牢牢固定住徐翰烈的後頸與背部，另一隻手緊握著大腿，加快了頂弄的速度。像是要做個了結似的，他猛烈又無情地進行交合。臀部和大腿撞出拍打聲，皮肉已經摩擦得發燙，中間拉出數十縷發白的絲狀潤滑劑。

感覺就快到達頂點，徐翰烈迫切地抱住白尚熙等待那刺激的瞬間到來。沒想到白尚熙卻在中途戛然停下動作，原本在肚子裡燒滾的熱意也急遽消散。方才被白尚熙貫穿、不留情地搖晃著身子的徐翰烈，如今卻因為這微妙的欲擒故縱而四肢掙扎起來。

「哈呃呃……」

「吻我。」

白尚熙突然用頭蹭著徐翰烈的鎖骨，語氣慵懶地央求。儘管下面脹得又痠又麻相當難受，徐翰烈還是兩手捧住白尚熙的臉吻上他的嘴。白尚熙也樂意萬千地歪頭接受這個吻。

之前因不停喘氣而變得乾燥的唇瓣受到熱燙的浸濡，口腔內也被軟滑又難對付的入侵者弄得越來越溼潤。

徐翰烈繼續吻著白尚熙，身子隱約貼著他磨蹭。已然勃起的性器因掃過白尚熙的胸溝而受到刺激。分泌而出的前列腺液沾滿了白尚熙的胸部，一股陶醉的快意讓徐翰烈的腰都在打顫。兩人也越吻越激烈，彷彿要將全身的熱度宣洩而出。

白尚熙對著徐翰烈的舌奮力吸吮了一陣才放開，他輕吻那滿是唾液的嘴，驀地把徐翰烈抱了起來。他膝蓋跪上沙發邊緣，讓徐翰烈的腰向後斜靠在沙發靠背，緊接著把徐翰烈的腳朝兩旁大大分開，腹部再猛地相貼。徐翰烈只能憑藉著自己的一雙手緊緊摟住白尚熙的脖子。他的身體緊緊架在椅背上，整個人被固定在白尚熙厚實的軀體和沙發後方隔了一小段距離的牆面之間。

白尚熙靜靜地和眼神忐忑的徐翰烈相對視，然後再次吻住他，同時將自己高高翹著貼在肚子上的性器壓下來推進後穴裡。徐翰烈在嘴裡的舌因明顯的貫穿感而敏感僵硬。白尚熙似是安撫，舌頭輕輕搓揉他的，也溫柔地幫他摸一摸性器。

徐翰烈口中再次逸出悶悶的呻吟，完全緊繃的身體也逐步放鬆，乖巧地湊過來。白尚熙默默地等到了這一刻來臨，開始聳動著腰身。當他的性器連根沒入，兩人銜接的口中接連迸出混濁的吐息。徐翰烈的胸腔也在劇烈地膨脹收縮。白尚熙壓制著與自己胸貼胸、下體相連的身子，肆無忌憚地往肉穴抽送。兩具香汗淋漓的肉體不斷分分合合，發出黏膩的碰撞聲。

白尚熙執拗地追逐著徐翰烈嚶嚀著離開自己的嘴，用舌尖撬開緊抿的雙唇，進去翻攪他發甜的舌。下身每撞一下，徐翰烈禁不住爆出的粗喘便搔癢著他的喉結。

「唔、呃呃、嗯、呃……呼！」

白尚熙插進徐翰烈肚子深處再抽出來時都會伴隨著洩氣聲。這是後穴被肏開來的信號，起先把性器絞到發疼的甬道如今感覺無比溫暖柔韌。對此感到愛憐不已的白尚熙瘋狂啄吻徐翰烈的嘴和臉頰，同時間，強而有力的肏幹動作仍保持著勇猛氣勢，未曾歇止。

「啊嗯、呃！呃！不、啊！嗯、呃！」

強烈的灼燒感讓徐翰烈渾身顫慄，髮根都豎立了起來。白尚熙的性器集中戳碾著最敏感的部位，徐翰烈甚至開始覺得害怕。不斷提高強度的快感彷彿看不到盡頭，令徐翰烈臉上漸漸浮現驚愕的神色，指尖也使力掐進白尚熙的後背。

他呼吸亂了節拍，被肏得恰到好處的穴口又開始緊縮了起來。在這樣的影響之下，衝向腦部的血流也不可控制地加快，造成輕微的暈眩感。眼前一下黑一下白，一直有亮光在閃。徐翰烈口中的浪叫甜得發膩，叫到白尚熙感覺耳膜都要化了。

「哈啊、哈啊……呃！呃嗯！」

「哈啊、呃、呃……翰烈啊、徐翰烈……」

白尚熙一遍遍叫著他名字，情不自禁地用鼻尖和唇瓣去磨蹭徐翰烈滾燙的脖頸。對比他深情憐惜的態度，下半身逞欲的動作猶如一個失去控制的火車頭在衝刺。

酥麻的灼熱感鬱結在下體，整個骨盆腔都在發疫。潤滑劑在徐翰烈體內和體液混合在一起，沿著沙發緩緩滴落。熱燙的鼻息、升高的體溫、煽情的聲音、濃郁的體味，以及視野所及的一切全都達到刺激的作用。腦中的警報狠狠響著。脊椎骨忽熱忽冷，一下如火燒，一下又冒起冷汗。每次張眼都看見不同景象的感覺，仿若被陡然推上懸崖邊，一種孤立於世界之外的感受襲來。

「啊、白尚熙……呃、嗯、呃啊……！」

掙扎個不停的徐翰烈身子瞬間僵硬，緊接著，一波波的精液濺溼了白尚熙的腹部。白尚熙抱住因接連射精而顫抖的徐翰烈，然後將自己狠狠埋進他的身體。後穴遭到抽插的刺激讓徐翰烈皮膚表面浮起明顯的顆粒，已經釋放的性器也吐出零零星星的餘精。

「呃、唔……好棒，你好棒啊……翰烈。」

白尚熙將徐翰烈摟得更牢更緊，很快地，他的火熱也噴發而出。徐翰烈的內壁現在光是稍微摩擦就敏感到不行，因濃濃的事後餘韻而蠕動著。

「嘶……呃呃……」

「哈呃呃……嗯……」

無力地被白尚熙摟在懷裡的徐翰烈再次扭了扭身子。白尚熙抱緊他又多抽插了好幾下，將精液一滴不剩地傾注而出。肉穴似乎因沒能吞下那些東西而感到遺憾地收縮著。

白尚熙在激情過後的餘韻下顫抖，同時一邊在徐翰烈耳際和肩膀脖子上布下星星點點的吻。徐翰烈僅是胸腔劇烈地起伏，忙著大口吸進缺乏的氧氣。

「……我們到床上去吧。」

等呼吸終於緩和下來，徐翰烈悄然勾住白尚熙的脖子要求著，還把大張的兩條腿收回來牢牢夾住他的腰。白尚熙不懂他這麼積極主動地挑釁是作何想法。每次只要遇到可以縱情做愛的時候，徐翰烈就會像沒有明天似的，不知節制地索求。就連他這種時候，都免不了令人心疼可憐他一番。

白尚熙點點頭，依言輕手輕腳將徐翰烈抱下沙發，然後往他身上隨便任一處「啾啾啾」地亂親著，朝兩人溫馨的臥室走去。

「唔嗯……」

平穩的眉間忽然皺了幾下。某處傳來熟悉的震動聲，原本想不管它繼續睡的，徐翰烈卻費力地抬起了眼皮來。他深深嘆了一口氣，隨著感官逐漸甦醒而習慣性地伸手往四周探了探。預期中的手機沒摸著，而是摸到一坨如山丘般熱熱軟軟的東西。徐翰烈繼續在周圍摸索了一陣，然後微微抬起頭察探實際情況。

白尚熙熟睡的臉龐填滿了徐翰烈睡眼惺忪的視線。完全沒有半點緊張感的睡顏吸引徐翰烈直接的注視。朦朧的視野漸漸清晰。徐翰烈維持著醒來時趴在白尚熙身上的姿勢，出神地盯著那張五官端正的臉孔，完全忘了自己為何醒來。

「……」

昨晚久違地像以前那樣激烈縱欲，做到屁股裡和肚子裡都還在火辣辣地痛著。為了那無謂的好勝心，他哄騙著白尚熙一直做到體力到達極限才停止。心臟很久沒有這樣跳到胸口發疼的地步了。在徐翰烈體力不支昏厥過去之前，他聽白尚熙說了好多好多遍的「我愛你」，聽到心滿意足為止。拜他所賜，徐翰烈這段時間積累的欲望和壓力都徹底獲得排解，雖然開了整晚夜車，但身體狀況還不錯，反而感覺神清氣爽。徐翰烈心想，不知道白尚熙是否也像他一樣感到滿足。

他微微動了下身體，渾身上下都乾爽無比，看來又是白尚熙逕自收拾過了。徐翰烈覺得白尚熙幫失去意識的自己清理的過程很像在清洗大體裝殮的感覺，但叫他別弄了他也不聽。徐翰烈沒來由地產生一絲不滿的情緒，懷疑自己要是沒有生病的話，白尚熙還會對自己這麼好嗎？

他面帶不悅地看著白尚熙，然後默默伸長了脖子，嘴巴在對方緊閉的唇瓣上輕輕按了一下。白尚熙的表情絲毫沒有變化，呼吸聲也一樣沉穩。看來是真的睡得很沉。

趁他還沒醒，徐翰烈得以盡情欣賞他的俊顏。大概是最近拍攝太操勞的關係，原本就沒有一絲多餘贅肉的臉龐變得更加消瘦，整體臉部線條顯得更為鮮明。當然，這是一般人無法分辨出來的微小差異，尤其是天天見面的對象應該更不容易發現的。可是徐翰烈總能輕易察覺到白尚熙的變化。

這一點白尚熙也和他一樣。兩人重逢之後，徐翰烈只要臉色稍微不佳，白尚熙就會開始擔心。明明是個超級忠於原始本能的傢伙，但徐翰烈只要像昨晚那樣稍微咳個嗽，他可以馬上把自己的需要拋諸腦後。這雖然是他愛護徐翰烈的方式，可是徐翰烈根本不情願受到這樣的對待。既然都在一起了，他想成為白尚熙的欲念、喜悅、安寧和希望，而非不安、鬱卒、擔憂及恐懼。他希望自己不是白尚熙必須扛起照顧責任的那種存在，而是個會永遠令他產生欲求的對象。他祈求給予白尚熙一個他從未擁有過、能夠落地生根的安身之地，與短暫遮風避雨的歇腳處。不管怎麼說，既然他們在交往，這些不都是應該的嗎？

徐翰烈用不滿的眼神看著呼呼大睡的白尚熙，再次嘟起唇在他嘴上按了一下，然後才開始打算尋找已經噤聲的手機。就在他起身的那個剎那，白尚熙摟在他腰上的手忽然使力，沒動靜的眼皮子也一下子張開來。兩人在極近的距離下視線交會。白尚熙盯著徐翰烈看了一會後啄了他嘴巴一口，親完後他的雙眼和唇角明顯放鬆，溫柔地笑了笑。

「⋯什麼啊，你早就醒了嗎？」

「之前的難道不是叫我起床的早安吻？」

「你小時候童話故事看太多了喔？親一下就會張開眼睛的那種。」

「是嗎？除了念故事書給妹妹聽之外，我沒有一本書是有看完的。」

白尚熙露出傻氣的笑容喃喃道。竟連剛睡醒的樣子都這麼賞心悅目，令徐翰烈莫名來氣。

「少在那邊笑得那麼諂媚，繼續睡你的大頭覺吧。」

「怎麼，你已經要起來了？」

「剛才有人打電話來。你有沒有看到我的手機？」

「沒看到，不是什麼重要的事就別管它了，再多睡一下吧。手機可以等待會天亮再去找嘛，嗯？」

白尚熙一邊裝傻一邊撒嬌地親了親徐翰烈的嘴角和臉頰。徐翰烈拍了下將他越抱越緊的白尚熙。

「不重要的話哪會在這個時間打來？」

他使勁掙脫了那箍住自己的手臂。正當他對白尚熙乖乖放手的態度感到有些訝異時，白尚熙又一把將他重新拽了回去。一屁股跌坐在床上的徐翰烈無奈搖頭，只好親了親白尚熙的嘴，命令他說：「等一等。」露出得逞笑容的白尚熙這才願意放他走。被留在床上的人翻了個身，用趴臥的懶散姿勢望著徐翰烈走向客廳的身影。這傢伙真的是隨時隨地都在誘惑人，徐翰烈忍不住想道。

客廳還保持著昨晚的滿室狼藉。徐翰烈的衣服亂七八糟地散落在各處，沙發上可見歡愛過後留下的皺痕與凹陷。徐翰烈看了一眼，便清清楚楚地想起了自己是怎麼被白尚熙壓在上面猛幹的。

他努力撇開腦中那些畫面，東張西望了一會才找到他的外套。他救起那件在沙發邊角和襯衫絞成一團的外套，在皺巴巴的外套口袋裡翻找著，終於掏出手機。一整個晚上被丟著不管，手機電量已經所剩無幾。徐翰烈連忙點開未接來電紀錄看了下，最後打來的人是林宇英。

林宇英說他必須交接完前一份工作才能離開，因此要晚三個月才能加入專案小組。

不過徐翰烈這邊情況也等不及了，於是先下達了其他的工作指令給他——具體調查出日迅人壽的實際與隱藏性負債，與能夠確保穩健性的資本適足率，實現轉虧為盈所需的收益，以及子公司上市時可預期的資本利得規模等數據。林宇英打來是想報告這件事嗎？截止日期確實是快到了沒錯。

徐翰烈瞥了眼時間，紐約那裡現在應該是午餐時間。他並未多加考慮便按下通話鍵，電話回鈴音響沒幾聲遂很快地被接起。

「我是徐翰烈。……不會，我說過，你隨時都可以跟我聯絡的，說吧。」

正默默地聽著林宇英報告，突然感覺到有人從後方靠近。徐翰烈故意不回頭，等到白尚熙的雙臂從他腋下穿過，從後方攬住他時，他才稍微向後倚靠在白尚熙懷裡。

白尚熙開始吻著徐翰烈的後頸，還將他整個人摟進懷裡，鼻梁在徐翰烈的肩上磨蹭，嗅聞他身上淡淡的氣味。由於白尚熙耳朵順勢貼上徐翰烈的手機，勢必會聽到電話裡林宇英的聲音，說不定就連談話的內容他都能聽見。但徐翰烈並不在意。

「三千？比我想像中要來得少。那我大概了解了，我這邊會去想辦法看要怎麼調來這筆錢，你再把報告書寄給我吧。什麼時候來報到？好，那就到時見了。」

白尚熙在他講電話的途中不停親吻著他的裸肩，調皮地惡作劇。看徐翰烈一放下手機，他馬上迫不及待朝著徐翰烈的耳朵和臉頰細細齧咬了起來，儼然像隻賴皮的小狗，吵著要忙於公事的主人專心陪自己玩耍。帶著癢意的干擾害徐翰烈忍俊不禁。

「你怎麼這麼反常……」

「是誰啊？」

「公司同事。」

「怎麼在這個時間打來？」

「因為他現在人在紐約。」

「聲音聽起來滿年輕的，像個菁英人士。」

「唔，算是吧。他跟我一起念MBA的，在同學之中特別聰明，所以我一直很屬意他，注意他好一陣子了。這次終於趁機把他挖角過來。」

「很屬意他？」

白尚熙用他標誌性的慢速語調追問。他對於徐翰烈在美國留學的時期瞭解得不多，只聽徐翰烈講過一些而已。而且徐翰烈自己覺得那些故事很無聊，所以每次都約略帶過。白尚熙今天是第一次知道有林宇英這號人物，也是第一次知道徐翰烈除了自己以外，原來還有其他特別注意的對象。

徐翰烈問說：「怎麼了？」並轉過身面向他。白尚熙注視著他的雙眼，目光沉靜卻又帶了份固執，彷彿想從他眼中探究出真意來。今天怎麼淨是做一些不像他的事情？對此感到無言的徐翰烈嘻嘻地笑了：

「你很在意？」

「嗯，關於你的事，我還有好多事情都不曉得。」

「那些本來就是你不需要知道的事。」

聽到徐翰烈語氣平淡地劃了條界線，白尚熙挑眉。他的表情雖然沒太大變化，但不依不饒緊盯著徐翰烈的視線卻在提出無聲的抗議。徐翰烈伸手撫上他心口，沿著胸肌的溝壑向上推，指尖於是來到筆直鎖骨中央的凹處。他輕輕摸撫著那塊下陷的部位，清楚地解釋給白尚熙聽：

「那邊要是真有誰能夠比白尚熙還要讓我煩心的話，我又何必非得跑回韓國不可？」

白尚熙聽了之後勾起單側嘴角，看起來似乎不完全接受這個說法。徐翰烈只好踮起腳尖，用唇瓣溫柔地含了下他冰涼的喉結再放開。

「……也不用為了能再多活一天，那麼死命地掙扎。」

後面加上的這句話，不禁讓白尚熙發出輕聲的嘆息來。下一秒，徐翰烈忽然被騰空舉起。他驚慌之下緊攀白尚熙肩膀，之後才將身子重心倚在對方身上，低頭看著白尚熙不說話。白尚熙則是將胸部緊貼著徐翰烈的下腹部，抬頭和他對視。

沒隔多久，徐翰烈便用雙手托起白尚熙的臉，如雨點般落下他的吻。白尚熙將他攬得更牢了。兩人柔情四溢地接著吻，臉上皆浮現出一個大大的笑容來。

02

Whatever

睜開眼，視線所及之處是一片的白。白色的天花板，白色的牆壁，白色的地板。鼻尖似乎還傳來熟悉的消毒水味。

白尚熙慌忙環顧周遭，除了自己坐著的這張白色椅子之外，什麼東西都沒有，似乎也沒有其他人在場。尤其讓他感到不太對勁的是，這個原本只夠容納一個人的白色空間正在無限擴大延伸。此一詭異的世界彷彿是分裂增生的細胞，一點一點的，卻又迅速擴展開來。不明來由的不適感掠過後頸。

白尚熙猛然轉回頭看向正前方，眼前出現了剛才並不存在的一道牆。那堵牆上半部是透明的強化玻璃，讓人得以一窺內部。

他隨即起身走到牆邊，只見在對面的是一張潔白的床。包括床架和寢具，一律都是白色的。躺在床上的人正仰賴著臉上的氧氣面罩維生，全身上下各個地方插滿了十幾條管子和線路。

白尚熙臉頰上的汗毛瞬間站了起來，眼前這幅景象熟悉得令他不寒而慄。玻璃牆的對面是一間嚴格管制進出的無菌室。而那像具屍體般躺在床上的人絕對是徐翰烈不會錯。

白尚熙才剛搞清楚眼前的狀況，馬上聽見從某處傳來的儀器運作聲。就連細微的心臟脈搏也在空氣中迴響。他再次看向徐翰烈，與他手指相連的儀器螢幕上顯示著心律和脈搏跳動次數。雖然有些微弱，但心跳還算穩定。

可是好景不常，就在他緊張地監看著螢幕時，上面的心率值突然開始快速下降。原本規律的心電圖頓時扭曲，接著緩緩變形拉長。要是不做任何處置的話，波形彷彿馬上就會變成一條直線。從天花板、兩側、後方，甚至地板，四面八方都傳來了電子儀器特有的「嗶嗶」聲響。白尚熙下意識地搖起頭來。

『……這不是真的。』

他再度拚命地環顧周圍，試圖尋找緊急呼叫按鈕，但不管怎麼找就是找不到能夠通知醫護人員的方法。他翻遍自己的口袋，連個手機都沒有。

此時，徐翰烈原本安穩的病床劇烈地搖晃了起來。仍在昏迷狀態的他一臉痛苦地扭動著四肢。機器發出更為猛烈、簡直是震耳欲聾的警示聲，心率數值無止盡地下跌。病床的四根床腳不停刮著地板發出銳利的刺耳音。白尚熙內心著急萬分，心中萌發的不安火苗遇上名為絕望的油煙，火勢一發不可收拾地蔓延。他覺得這都是自己害的。

白尚熙呻吟般囈語著：『不可以。』猝地彈起身，在四周的牆面和地板上摸索著找尋入口。但找了半天連個能鑽進無菌室的縫隙都沒看到。他發狠用力敲打，試著用指甲去刮撓，潔白無暇的牆面仍是屹立不搖。一股渺茫的無助感將白尚熙壓垮，腦袋浮現出可怕的預感而感到一陣天旋地轉。

『翰烈啊！』

白尚熙扯開喉嚨叫喚著徐翰烈。但他的聲音都被關在裡面傳不出去。儘管知道這樣沒用，他還是不死心地持續搥打那面玻璃牆。

這次仍像是在水中大叫一樣，只有他聽得見自己放聲的呼喚。同一時間，徐翰烈正難受地蜷起指尖，雙腿亂踢亂踹著。在他激動地掙扎下，臉上的氧氣面罩歪了一半，吊點滴的針頭也被接連拔起，迸出血珠來。

『徐翰烈！』

白尚熙一聲聲叫著徐翰烈的名字，不停敲打擋在他面前的玻璃牆。這道牆始終不動如山。白尚熙整個人奮不顧身地往牆上撞去，純白的牆面只帶給他摩擦的衝擊，吸收了所有的撞擊力。他已經用盡一切辦法，卻連個小裂痕都製造不出來。反之，他的身體漸漸失去力氣。使出全力撞擊後的他，四肢百骸的痛楚簡直無法言喻。

『不可以。』

只見痛苦掙扎的徐翰烈胸口忽然劇烈起伏了幾下，剎那間，有東西從他左胸湧了出來。純白的病人服上開出一朵鮮紅色的花。白尚熙不敢相信地瞪大了眼睛。

接下來，徐翰烈宛如遭到強烈電擊似的不斷抽搐著，身子每一次彈動，他的心臟就會噴出紅色的鮮血，很快地濺溼了他的全身。溢流到整張床的血水滴滴答答地落到了地板上。

徐翰烈倏地朝白尚熙這邊轉過頭來，那雙了無生氣望著白尚熙的瞳孔裡泛起一層水光。當兩行清淚終於順著消瘦的臉頰滑落的瞬間，徐翰烈渾身抖動地咳了起來，勉強維持著他呼吸的氧氣罩上清晰地濺開了幾滴血花。

『翰烈！』

白尚熙淒厲地吼著他的名字，繼續用身體衝撞了幾下那堅固的玻璃牆。徐翰烈蒼白的手摸索著，朝白尚熙的方向探過來。不可以、別這樣……白尚熙猛搖著頭拒絕，瘋狂敲打著無情將他隔絕的這道牆。

那隻白皙的手可憐兮兮地晃了晃，然後啪地垂落而下。與此同時，彷彿要撕裂耳膜的警示聲停了下來。白尚熙失了魂地望著螢幕畫面上出現一條長長的綠色直線。

『不——！』

「……呼！」

猛一睜眼，白尚熙的視線豁然開朗。他胸腔向內緊縮又鬆開，急促地起伏著。受到壓迫的肺部急遽膨脹，由睡夢中轉醒的大腦快速充血，引起嚴重的頭昏腦脹感。白尚熙重新閉上眼，低低呻吟了一下。他試著揉了揉太陽穴，頭還是痛得厲害，一點也沒有改善。剛剛憋了太久的呼吸，他狼狽地不停大口喘著氣。

「呼呃、呼……呼……」

夢，令人發怵的惡夢。還是個清醒夢。他不知道夢見過多少次了，即使在夢裡也能清楚明白自己是在做夢。

明知如此，他仍然沒辦法保持冷靜。明知眼前的一切不過是幻象，真正的徐翰烈安然無恙，他卻怎樣也無法泰然自若。不等他的大腦做出判斷，身體和本能就已經擅自產生反應。是差點失去徐翰烈的那段經歷留下了什麼後遺症嗎？

不知從何時開始的，類似的惡夢總是反覆出現。夢中的徐翰烈一遍又一遍地在白尚熙眼前死去。場景通常是在這次夢到的那間無菌病房，有的時候是在保健室的床上，有時候則是在一個極為寬廣的游泳池。夢裡的白尚熙總是那麼無能為力，就如同許久前的他一樣，只能無助地守在急診室外，連想靠近徐翰烈身邊他都做不到。據說夢是潛意識的投射，但竟然連在夢中他都不被允許和徐翰烈有所接觸。

白尚熙煩躁地把頭後仰，等待急促的脈搏平息下來。受到驚嚇的心臟持續「咚咚咚」地亂跳了好一陣。看來他在夢中掙扎得頗為激烈，就連背上都是溼汗。

白尚熙稍微調整好呼吸之後把手機找了出來，不經思索就想直接打電話給徐翰烈。即便這不過是場惡夢而已，他也必須親自確認一番不可。他得立刻聽到徐翰烈的聲音他才能安心。顫抖的指尖試了好幾次才對準通話鍵按下去。

「建梧，差不多該準備……」

去查看拍攝進度的姜室長恰巧在這時回來，不作他想地上了車坐進駕駛座。他習慣性看向後照鏡，腦袋頓時向後扭去。後照鏡裡白尚熙臉上血氣盡褪面色發白的模樣把他給嚇了一跳。仔細看了下才發現，白尚熙的臉龐脖子全都沁出一層晶亮的薄汗。

「建梧啊！你怎麼了？哪裡不舒服嗎？你這小子，怎麼會流汗流成這樣！」

姜室長趕緊抽了幾張面紙遞過去，擔心地一連問了好幾個問題。白尚熙卻沒有多餘的心思回應，眼睛只是專注地盯著手機而已。

「喂，我問你是不是哪裡不舒服！消化不良嗎？還是發生什麼不好的事了？有沒有？」

姜室長不停追問到底發生什麼事，然而他憂心忡忡的聲音一概沒有傳進白尚熙耳裡。

白尚熙臉色凝重地等著電話另一頭傳來徐翰烈的聲音。漫長的回鈴音響了會便停了下來，白尚熙以為接通，正要脫口呼喚徐翰烈的名字，卻聽見「您所撥的電話無法接聽」的語音提醒。他怔愣了幾秒，再次撥電話過去，這次是直接轉到語音信箱。手機隨後響起一聲通知，徐翰烈傳訊息來了。

『**開會中。**』

白尚熙在辨識清楚那三個字寫了什麼之後才終於鬆了一口氣。那則訊息一舉消滅了緊緊揪住他胸口，甚至開始侵蝕他大腦的那股不安。

「欸，池建梧，你到底是有事還沒事啊？」

「……我沒事。」

「可是你臉色很不對勁耶？哪裡不舒服的話就照實講，現在還可以跟劇組說一下，到附近的醫院去看個醫生。」

「不用了。」

「真的？」

「嗯，只是稍微睡了一下，結果做了個惡夢。」

白尚熙含糊回答，眼睛始終盯著手機不放。不知何故，姜室長似乎隱約能猜到他所謂的「惡夢」會是什麼，出現在他夢裡的人八成是徐翰烈，夢境大概是發生了最殘酷嚇人的絕望情境。否則以他如此悠悠哉哉的個性，沒理由為了一個夢就慌張成這樣。

姜室長苦澀地咂了咂嘴，默默拿了瓶礦泉水給他。白尚熙說了聲：「謝謝。」拿起來就往口乾舌燥的喉嚨灌，五百毫升的礦泉水轉眼被他喝光。

徐翰烈現在已經完全恢復正常的生活。這段期間以來，他沒有生過什麼小病，也沒有對特定食物產生過敏反應。不知道是不是培養了不少體力的關係，他在性愛方面也變得貪心起來，最近更是忽然提到要重新開始運動的事情。白尚熙身邊問候徐翰烈身體狀況的人也明顯減少了許多。所有人似乎都忘了他的病，忘記他隨時有可能會再復發。而這也是徐翰烈一心一意盼望的結果。因此，白尚熙也很努力在維持平常心，試圖用過往的態度對待他。

但是，每當白尚熙以為自己快要遺忘那段過去時，那曾經翻天覆地撼動他人生的巨大衝擊，便會經由惡夢喚醒他的記憶。看來當時的內傷太深，傷勢重到至今仍未完全痊癒。他原以為，放著不管應該自己會好吧，反正時間會治癒一切，殊不知他輕忽的態度正是問題所在。事實上，他壓根沒想過自己需要治療。他認為自己該做的，就是把全副心力通通放在徐翰烈身上，要死守在徐翰烈身邊，不能有一時半刻的鬆懈。

「你這種情況一直沒有好轉的話，就去看個睡眠門診，或接受一下心理治療……雖然多少會怕被別人看到，但聽說現在有很多專門在幫名人治療的，好像是在狎鷗亭那邊？那裡有特別嚴格保障病人隱私的身心科診所。不是有個偶像叫徐宥的嘛？他就是去看那邊的醫生，據說後來就不再產生自殺念頭，也成功克服了心理創傷耶。」

「光聽你這樣講，就知道那邊的保密措施根本就不夠嚴謹。」

「哎唷，我是在告訴你有這種事嘛，有興趣的話要不要打聽看看是哪一家？」

「不用了，沒那麼嚴重。」

「哪裡不嚴重了，你不知道人體真正沉默的器官是什麼嗎？這裡——人的心病是最難察覺的，任由這種病無聲無息地滋長下去，最後會把你的人生壓垮。別不把我的話當一回事，小子，我說這些，是擔心你繼續這樣下去可能會出事。」

「我就說沒事了嘛。」

白尚熙再三否定了姜室長的顧慮。

在白尚熙過去的人生當中，做夢的次數屈指可數，幾乎從未發生過反覆做著同一個夢的情況。他總是整天工作到筋疲力竭，吃飽飯後就睡死過去了，根本沒有多餘的精力做夢。說得更準確一點，不管做了什麼夢，他不曉得自己是一醒來就忘了，還是那些夢沒在他腦中留下什麼深刻的印象，所以才老是記不住。

而今，他則是想不起來最近整夜無夢一覺到天亮是什麼時候的事了。無論是美夢抑或惡夢，他夢到的人永遠都是徐翰烈。倘若醒來時徐翰烈就在身邊，他一定會緊緊抱住對方，以撫慰自己受傷的心靈；但像現在分隔兩地，想要撫平心緒就變得格外不容易。白尚熙感覺掌心莫名有些發麻。

就在這時，車外傳來敲門聲。白尚熙和姜室長同時看向窗外。對上了兩人視線的導演助理點了個頭：

「要請池建梧先生進去拍攝了。」

平常都會提早到現場準備的白尚熙今天卻不見人影，所以人家大概直接出來請人了。姜室長露出不好意思的神情，邊搔著後腦杓，試圖尋求對方諒解。

「呃，那個抱歉啊，我們剛好有個重要的事情要談……」

「了解，我馬上過去。」

白尚熙中途插進來打斷了姜室長的話。導演助理暗中觀察了下情勢，說了句：「好的。」便先回拍攝現場去了。姜室長長嘆了口氣，眼神中滿是憂慮地回頭看向白尚熙。

「建梧啊，你真的沒事嗎？」

「不過是做了個夢而已，有必要念這麼久嗎？」

「我會這樣還不都是因為擔心你。今天又要拍那麼難的戲，就算是在身體狀態良好的情況下也不一定能拍得好了，更何況是現在。你硬要在這種時候逞強，萬一真的發生什麼意外……」

「我會好好表現的。」

「不要這麼固執，現在還來得及，我跟他們說一下，讓特技替身代打好不好？」

「不用，我要親自上場。」

「欸，我說你啊，別人這麼為你著想的時候，拜託你就稍微配合一下……」

「姜室長，我現在沒時間在這邊跟你辯來辯去，我得趕快把這場戲拍完，然後早點趕回去才行。」

白尚熙在姜室長肩膀上拍了一下：「別擔心了，好嗎？」說完便先行下了車。姜室長不禁再次長吁短嘆，忍不住搖頭。無可奈何的他也只能下車跟著白尚熙走。

兩人很快地來到正在拍攝《人鬼：The Revival》的攝影棚內。導演在確認著攝影機動線，見到他們來很開心地迎接。

「喔，池建梧先生快過來，今天的狀態如何呀？」

「很好。」

「那個就是拍片用的水槽，實際體積其實滿大的對吧？」

「的確。」

白尚熙和導演一同望向那巨大的水槽，裡面已經有輛外觀完整的轎車沉在水中。今天要拍的是白尚熙被鎖在車內差點葬身海底，最後好不容易成功逃脫的場景。這種戲通常都會交由特技替身演員來拍攝。原因無他，畢竟這是相當危險的場面。

但白尚熙還是堅持要親自上陣。因為他看出了導演的野心，也很清楚這場戲將會成為《人鬼：The Revival》的高潮亮點。這段情節並非純粹的動作戲，其中也包含一直困擾著主角的內心問題與克服這些問題的過程。既然要拍，白尚熙希望能將這兩種面向完美地呈現出來。

導演觀察著白尚熙的神情，數度表達他的憂心。

「真的不用替身沒關係嗎？」

「嗯……先試一次再說囉。」

「你說你是第一次進行水中拍攝？」

「以前拍畫報的時候有拍過。」

「哦，那應該會比較順利一些。你想重拍幾次都沒問題，我們也會等你完全準備好再下水，所以你不用給自己太大壓力。如果還是有困難的話，就跟替身一起拍沒關係，之後我們會再想辦法後製剪輯的，絕對別逞強喔。只要感覺有一點點勉強，就要馬上打信號通知我們，知道嗎？」

「好的，我知道。」

「那請到這邊來吧。」

副導演出面為白尚熙帶路。「請等一下。」白尚熙拿出手機交給姜室長保管。姜室長眉毛低垂著，朝他發送心酸不捨的目光，像個要把兒子送去什麼危險地帶的老父親一樣。見到他表情，白尚熙啼笑皆非，噗哧一笑後遂跟著副導演離開。

白尚熙剛來到水槽上方，就拿到了一個氧氣筒。副導演和現場的專業人員一再地確認潛水安全裝備是否完善。

「因為你穿著長袍，所以浮力會比想像中還要大，動作起來也會比平常要來得吃力，這一點需要先跟你說一聲。還有最好注意一下，別讓袍子下襬纏住你的手腳。我們的安全人員會全程跟在旁邊的，可以不用擔心。總之，拍攝時請千萬要小心再小心。」

「好。」

「那我就先下水了。你先在上面等，看到我向你比手勢之後再下來就可以了。」

安全人員率先進行示範，以跳水的姿勢跳進水槽裡，濺起了一圈水花。沉入水中的安全人員重新浮出水面並緩緩游至後方，如同剛才所說的，向白尚熙發出了指令。

三、二、一，隨著對方的一聲「下水」，白尚熙毫不猶豫地投身入水。水花聲猛烈響起，白尚熙的身子頃刻被吸進深水裡。直到翻騰的水勢平穩下來，完全沉浸在水中的他才划動四肢向上游。他只看專業人員示範了一次就表現得十分熟練。守在一旁的安全人員對他比了個大拇指。

「很好，做得很好。接下來要往下潛了。要是感覺哪裡不太對勁馬上通知我。」

白尚熙跟著對方慢慢潛進水裡。因為戴著潛水氧氣罩，下潛的過程沒遇到什麼問題。本來還擔心浮力太強會潛不下去，但在潛水裝備的配重作用下，浮力變得相當微弱。

白尚熙來到水槽底部後，在車子附近待機的安全人員替他打開了駕駛座車門。他卸下裝備交給對方，慢慢游進車內坐下。在水中即便只是稍微的移動，髮絲和長袍也會輕盈地飄蕩不已。

安全人員向緊張等待的拍攝團隊做了個「OK」的手勢。白尚熙最後吸足了一大口氣，拿下氧氣罩遞給潛水員，所有的安全人員旋即退到鏡頭之外。拍攝馬上就要開始，水槽外的工作人員也明顯忙亂了起來。

「即將開拍！請就位！」

「Camera!」

「Stand by!」

「Sound!」

「Rolling!」

「第三十六場，take one!」

工作人員有條不紊做完確認並打下場記板，導演接著用擴音器喊道：

「Ready!Go!」

白尚熙悄無聲息地閉上眼，漂浮在水中。彷彿完全失去意識，他放鬆了全身的肌肉，無力地被安全帶固定在座位上。掛在鼻尖上的氣體規律地集結成泡升至水面。頭髮和睫毛一根一根地隨著淺淺水波搖曳不休。泡在水裡的鼓膜只朦朧聽見一種巨大的、無法得知來源的嗡嗡振動聲。

身體宛如水草茫然擺盪的白尚熙忽地睜開了眼，用充滿驚愕的眼神張望著四周。車子完全沉在水裡，他則是被綁在了駕駛座上。當他認清自身處境的這一刻，口中「哇」地吐出一大口氣來。瞬間，填滿了整個水槽的水咕嚕咕嚕灌進他嘴裡，衝擊著他的懸雍垂。

喉頭、食道、氣管同時膨脹，緊接著肺部變得沉重起來。他越是向外咳，那股梗塞感就越是嚴重。光潔的額頭因呼吸困難爆出了青筋，白尚熙的全身被看不到盡頭的茫然和無助壓得喘不過氣。

他趕緊解開安全帶，舉起拳頭對著窗戶一陣亂敲，接著把副駕駛座的頭枕拆下來，假裝用它往側邊窗戶大力一砸。這是預先安排好的行為。為了安全起見，劇組已事先將那扇窗戶的玻璃完全拆除。

白尚熙揮動四肢從窗戶游了出去。在水中掙扎了太久，感覺渾身像吸飽水的棉花一樣沉重。他茫茫抬頭向上望，水面還離他十分遙遠，憋氣差不多要到極限了。

白尚熙眉頭緊皺，咬著牙奮力划水。原本就因車禍受了傷，又吃進不少水，行動變得相當困難。想要游上水面的動作一點一滴地遲緩放慢，直到全沒了動靜。最後的一口氣隨著咕嚕一聲，滾動著浮上水面，消失得無影無蹤。

——彷彿自己也會像氣泡那樣消失的空虛感；絕對不可能從此刻的陷阱中脫身的渺茫絕望。白尚熙的雙眼逐漸空洞，哀戚地向上方伸出的指尖漸漸不再顫抖。周身靜得嚇人。

他就這樣一動也不動，睜大的雙眼與完全失去力氣的身體維持著僵硬。安全人員們用狐疑的神情交換了一個緊急手勢，認為必須去確認看看白尚熙是什麼狀態。只見其中某幾位人員開始動身朝白尚熙游去。

結果就在這剎那，白尚熙陡然一咳，開始大口吐息，眼神在短短須臾間變得截然不同。他瞪著依舊遙遠的水面想起了自己的惡夢——那個無限迴圈的白色牢籠。夢中的他明明手腳行動自如，卻怎麼樣都辦法接近徐翰烈。他將這個遼闊的水槽替換成那座監牢，想像著只要能浮上水面，自己就能如願以償地觸碰到徐翰烈，成功挽救他的性命。

思及此，白尚熙沒有一秒鐘的猶豫，清晰的瞳眸裡閃過一抹異樣的光彩。他猛力揮動沉甸甸的四肢朝水面游去，兩隻眼睛視線固定在一處，只顧著不停劈開厚實的水牆。

「噗哈！」

一出水面，憋在肺部的氣體一口氣爆發了出來。肺部進水的刺痛感難以形容。雖然因劇烈的疼痛而皺著眉眼，白尚熙卻四處張望著，似乎在尋找什麼，眼神中盡是急切與悽惶。

「ＯＫ！」

屏息凝視拍攝畫面的導演驀地從位子上起身大喊。看得緊張兮兮的工作人員們也發出熱烈的歡呼及滿滿掌聲。

直到安全人員靠過來遞了個救生圈，白尚熙才頓時回過神。可能是太過投入，他竟然想不太起來剛才發生了什麼。

「哇，真的是天生的演員。你演得太過逼真，害我們以為是不是真的出了什麼事呢。來，可以出來了，保持放鬆就好。」

白尚熙很快來到水槽邊緣，他正要撐著地板起身，手臂卻瞬間發軟顫抖。感覺水變得像沼澤一樣黏稠，不斷拖著他的身體往下沉。白尚熙艱難地從水中爬起，在水槽邊等待的工作人員忙不迭地用毛巾和毯子幫忙裹住他身體。

「池建梧先生，你怎麼有辦法演成那樣啦？我被你嚇得目瞪口呆。」

「真的太猛了，一下讓人起雞皮疙瘩，一下讓人想哭……第一集的時候就已經很讚了，沒想到現在演技又變得更有深度，實在是很了不起。」

「辛苦了，表現得太好了。」

眾人團團圍著白尚熙，爭相給予稱讚。他耳朵裡浸著水，那些人說的話在他耳邊轟隆作響，聽不真切。他只朝眾人禮貌笑一笑，便望向導演：

「導演，請問有需要重新來一次嗎？」

「不用不用，這樣就可以了，已經超出預期了。」

「那我想暫時休息一下。」

「喔，你去吧，回宿舍洗個澡休息一下。」

「好的，大家辛苦了。」

白尚熙彎腰道別完，遂邁著大步走向保母車。姜室長匆匆追了上來，再次追問他是否沒事。白尚熙沒答腔，忽然伸出手討東西。

「姜室長，我的手機。」

「蛤？你剛才拍片吃了那麼多苦頭，現在有心思玩手機？」

「快點。」

姜室長雖然毫不掩飾地吐了個舌頭，還是只得乖乖交出手機。白尚熙拿到手機當場先查看未接來電紀錄。看到拍攝期間徐翰烈有打電話來，發白的嘴唇揚起一道長長弧線。當下本該抓緊時間趕回宿舍沖個澡暖和身子的，白尚熙卻不加思索地按下撥號鍵。儘管姜室長在旁邊催他快上車，他仍是踏著不緊不慢的步伐。

沒多久回鈴音停止，徐翰烈那令他苦候多時的聲音傳了過來。

「怎麼回事，你怎麼不是打視訊電話？」

「現在是上班時間嘛，想說你也有可能不在辦公室裡，感覺用語音通話你比較不會拒接。」

徐翰烈小聲笑了出來。白尚熙臉上笑容也跟著加深，簡直就像是一種條件反射。

「剛才開會還順利嗎？」

「別提了，我進去發了一頓脾氣就出來了。」

對方明明是在抱怨，白尚熙卻情不自禁地放軟了臉上表情。走在他身旁的姜室長完整目睹到他的臉部變化，不高興地瞇起眼睛。

「那你拍攝有順利嗎？」

「嗯，我一邊想著你一邊演，結果一次ＯＫ，大家都稱讚我演得很逼真。」

「那部電影不是驚悚片嗎？」

徐翰烈覺得好像哪裡怪怪的，白尚熙拍驚悚片時居然是想著自己拍的，甚至還獲得演技很真實的讚美，聽了就不太爽。白尚熙想到他不服氣時會露出的那種表情，忍不住笑出聲來。

「嚴格說起來，算是超自然懸疑片吧。」

「還真讓人感到安慰呢。」

白尚熙這時回到了保母車。姜室長第一件事就是幫他找了套換洗衣物，嗖地丟到後座。夏天的車內熱得跟汗蒸幕沒兩樣，光是走到車上這段路衣領就已經被汗浸溼了，姜室長卻還在考慮著是不是要開暖氣。

「建梧你會不會冷？回去的路上要不要吹點暖氣……」

姜室長思來想去，乾脆直接詢問白尚熙的意見。他回頭一看，白尚熙還是在忙著講電話，剛才丟過去的衣服也被冷落在一旁。

「吼，你這樣會感冒的，臭小子。」

「知道了啦……」

白尚熙往車外撇了下頭，要姜室長暫時下車迴避。他當然不是因為不好意思在姜室長面前光著身子換衣服，而是覺得姜室長打擾到他和徐翰烈通電話，要對方走人的意思。這次姜室長可就沒那麼好說話了。

「想把我趕去哪，小子。你得趕快回去洗澡了。」

「姜室長不介意的話，就繼續待在車上吧。」

白尚熙聳聳肩表示無所謂，毫不在意地繼續通電話。即使已被他用那種特有的、翻臉不認人的冷漠態度對待過好幾回了，碰到這種情形時，姜室長仍然滿腹怨氣。他受不了地「哎」了一聲，最後還是氣呼呼地出去抽菸了。

徐翰烈聽到他們斷斷續續的對話，好奇是發生了什麼事。

「姜室長怎麼又在大呼小叫了？說你會感冒是怎麼回事？」

「就拍攝時稍微弄溼了衣服。」

白尚熙敷衍帶過，然後用一句：「對了，」來轉移話題。「是明天對吧？」

「什麼？」

「裝什麼傻，我說你的定期健康檢查。」

「用不著你費心，明天我和楊祕書兩個人去就好。」

「為什麼？要去的話當然是我陪你去啊。」

「你明天行程不是也已經排滿了？」

「調整一下就好啦。」

「幹嘛為了這種小事這麼大費周章，我會有心理壓力好嘛。」

徐翰烈有點不耐煩地一再拒他於界線之外。雖然手術後的半年以來都沒有什麼大問題，可是每三個月還是要定期接受檢查。移植的器官處於一個不穩定的狀態，隨時都有可能發生意想不到的問題。徐翰烈從捐贈者那裡收到的這份禮物象徵著希望，讓人能夠一天接著一天期待下去。然而同時，它也是一顆不定時炸彈。防止爆炸的唯一辦法，就是頻繁地接受檢查。

「你別這樣，詳細的時間是怎麼安排的？是不是今天晚上就要先住院準備？」

「不曉得，反正你沒有必要知道。」

「告訴我啦。」

「等你結束拍攝後再說吧。不是說衣服都溼了，趕快去換一換，不要到時候感冒又傳染給我。」

「嗯，我會盡快趕過去的。」

「你最好不要為了趕來，就給我隨便亂演一通喔？掛電話了。」

「我愛你。」

突如其來的告白之後是一陣微妙的靜默，隨後通話才戛然中止。徐翰烈的全副身心、眼神、他隱藏真實心意的尖銳言語，全都未曾間斷地在表達他對白尚熙的欲念，但一旦白尚熙把愛宣之於口，他卻總是只會逃避。不過就連他的這種反應，白尚熙都覺得可愛得無以復加。

白尚熙輕輕笑了笑，現在才準備換掉一身的溼衣服。用毛巾大致拂去身上水分，頭髮也擦得差不多乾了。姜室長湊巧在這時候回來，不知道從哪裡弄來一杯熱茶遞給他。

「謝謝。」白尚熙順從地接下那杯茶。

「你這孩子真是被沖昏頭了，全世界談戀愛的人難道就只有你一個嗎？一顆心全放在對方身上，每天早上該有多難分難捨啊？」

「姜室長，這樣下去我會感冒的，要嘮叨的話先開車再說可以嗎？」

「哎唷，現在才在那邊裝虛弱，要是剛才就出發的話，現在老早就已經到了。」

姜室長大聲嘀咕著，故意講給他聽，同時把車開了出去。坐車到片場內的宿舍用不著十分鐘，可見白尚熙有多急著要和徐翰烈通電話，連十分鐘他都等不了。姜室長越想越覺得誇張。

他還在搖著頭，忽然聽見白尚熙開口叫他，於是瞄了眼後照鏡。白尚熙的視線依舊停留在手機上，問道：

「我如果馬上洗好出來的話，可以提早拍下一場戲嗎？」

「為什麼要提早？」

「可以的話，我想要盡量早點拍完早點走。」

「就算提早也差不了幾個小時，幹嘛那麼趕？你體力太多用不完啊？」

「翰烈可能今天或明天要住院。」

「住院？為什麼？徐代表哪裡不舒服嗎？」

「不是，他是去做定期檢查的。」

一臉嚴肅的姜室長聽完露出鬆了口氣的表情。

「我說啊，徐代表這麼大個人了，也不是哪裡不舒服需要住院，有必要連你都跟著去嗎？假如你閒著沒事幹也就算了，偏偏你現在行程滿檔，拍攝現場這樣往返有多辛苦啊。再這樣下去喔，我看徐代表還沒走，反倒是我們會先過勞而死……」

姜室長抱怨個沒完，講到一半突然打住。意識到自己的失言，他發自內心地嘆了口氣。偷偷朝後照鏡看去，果不其然對上了白尚熙的目光。只見白尚熙神情僵硬，臉色變得十分難看。

「就算是開玩笑，也請別講出那種話來。」

「……抱歉，是我說錯話了。」

姜室長窘迫地抓了抓後頸。試圖緩和尷尬氣氛的他還努力解釋道：

「我就只是，太擔心你了，建梧。你這麼認真工作當然是很好，但最近實在是太拚了，這點我沒說錯吧？看你交出了不錯的成果來，我也只好盡量睜一隻眼閉一隻眼，但事實上，我每天都提心吊膽的。你知道嗎？剛剛那場戲也是啊，其他演員都找替身上場，你就非得自己折騰。說難聽點，依你現在的地位，根本沒必要為了爭取機會這樣搏命演出。」

「我什麼時候搏命演出了？」

白尚熙心不在焉地反駁，開始瀏覽起手機上的新聞報導。發現徐翰烈的名字出現在標題上，白尚熙點開那則新聞，上面甚至還刊了一張他沒看過的照片。看來是最近採訪時拍攝的。這篇報導的主要內容在說徐翰烈當上日迅人壽經營企畫本部長後，為了改善公司體質成立了IFRS TF專案小組。撰文記者認為日迅人壽公司的治理結構勢必會因此發生改變，並提到此一專案將考驗到徐翰烈的領導能力。

白尚熙重新滑到網頁上方，端詳報導刊載的照片，拇指指腹拂過徐翰烈的臉。

「以前的我……從未有過什麼大志向，老天爺卻偏讓我遇見了擁有一切成就的他。」

題。

姜室長一頭霧水地看向後照鏡，直到聽見他下一句話，才明白他是在回答哪個問

「我總不能成為他眾多成就當中最遜的那一個吧。」

✦

徐翰烈換上病人服，在會客室的沙發上坐下。楊祕書替他把衣物整理好收到衣櫃裡。寬敞的病房內，溫度、溼度，甚至亮度都接近最理想的狀態。要不是那股醫院特有的消毒水味，這裡的舒適程度會讓人以為是在飯店渡假。

徐翰烈整個人靠在沙發椅背上向後仰，閉上雙眼休息了一會。這是他回歸日常生活三個月後的例行檢查。他在這段期間就像個不曾生過病的人一樣，馬不停蹄地工作著，好像他非抓住這次機會不可，錯過就不會再有。他不斷嚴格地鞭策著自己，那不惜一切豁出去的拚勁，宛如被宣告來日無多似的。

不料他實際住進醫院之後，卻感覺身體一下子沒了力氣。他四肢癱軟，連一根手指頭都不想抬起來。腦袋瓜也呈現放空狀態，不存在任何想法。

每次來到醫院，他便再次認知到自己的真實處境。不是偽裝自己很正常，就能真的成為一個正常人。未來一年，他每隔三個月都要做一次追蹤檢查，隔年開始則是以半年

為單位進行。就算平時把身上的病忘得一乾二淨，還是會定期被迫想起自己正過著與死亡僅一線之隔的人生。

檢查預定要花上兩天時間。今天將進行包括血液檢查在內的基本檢查和心臟超音波，明天一早再進行活體組織檢查。活檢須取下少量活組織切片進行診斷，從事前準備到後續處理，過程極為繁複，但要密切觀察移植器官是否有不良反應，這是絕不可少的一項檢驗。讓徐翰烈感到糾結的原因是——活檢會在身上留下疤痕。照這樣下去，總有一天，他的身體豈不變得百孔千瘡、體無完膚？徐翰烈光滑的眉間因此蹙起細細的皺紋，力持鎮定的努力也化為了泡影。

這時候，門外依稀傳來一道熟悉的嗓音，看來是徐朱媛來探視了。楊祕書連忙去為她開門，不勞她親自動手。徐朱媛直接走進來，在徐翰烈對面坐下。徐翰烈臉上噙著笑，如常地招呼她：

「徐會長特地跑來這裡，有何貴幹？」

「唯一的親人住院了，我怎麼能不來？」

「不知道的人還以為我哪裡不舒服了呢。」

「身體狀況還好嗎？」

「看起來如何？」

徐朱媛不出聲，直直注視著徐翰烈的臉。隨後她手指頭勾了勾，要徐翰烈靠過來一點。徐翰烈於是聽話地將身體向前傾。徐朱媛伸手捏住他的臉頰肉，稍微搓揉了幾下。

「摸起來很粗糙啊，看起來也很疲倦的樣子，你最近有好好睡覺嗎？」

「新婚時期都嘛是這樣。」

「看來過得不錯是吧？還可以開這種不正經的玩笑。」

「我又沒在開玩笑。」

徐朱媛一副懶得跟他爭辯地搖搖頭，接著左看右看了一會，好像在找誰似的。不用想也猜得到她在找的人是哪位。

「怎麼，沒見到人很失望？」

「是覺得他很可惡好不好，先前還一副沒了你活不下去的樣子，這種時候卻又置身事外。」

果然是在找白尚熙沒錯。徐翰烈咧起嘴角，替不在場的他說話：

「他最近很忙。」

「有誰不忙？不過就拍個戲，是能忙到哪裡去？」

「徐會長應該也有發現吧？最近不管是什麼節目都會看到他出現。趁勢而上，順勢而為，這不是很符合會長的信念嗎？」

「這都要感謝誰啊？」

「他能紅起來不光是靠人捧的，人家天生就長得這麼好看，這一點可不是我們的功勞。」

徐朱媛聽了張大嘴巴驚叫出聲，還嫌棄地說著：「你現在是腦袋也不正常了嗎？」徐翰烈被逗得咯咯直笑，心情顯然十分愉快。

此時，門外一陣躁動，敲門聲接著響起。徐翰烈及徐朱媛、楊祕書，三人視線齊齊朝門口看去。剛才那調皮的笑容頓時僵在徐翰烈臉上，平白生起的期待感也讓他的肩膀隱約緊繃了起來。

「請進。」

門扇在得到應允後被打開。下一刻，徐翰烈的身子鬆懈下來，表情也在眨眼間變得毫無興致，暗地露出感到失望的眼神，只因來到病房探視的人是他的主治醫師。是還在指望些什麼呢，徐翰烈在心底自嘲。

主治醫師一看到徐朱媛，馬上向她鞠躬。

「徐會長您來了。」

「你好。」

醫生的視線立刻移到徐翰烈身上，腆著臉問候他近況：

「您這段時間過得好嗎？」

「還可以。」

「身體有沒有哪裡出現異常？」

「如你所見，很正常。」

「藥也都有按時在吃吧？」

「不是說不吃的話會出問題嗎？」

「很好，那今天心情怎麼樣呢？」

語氣不善地勉強回答了幾個問題，徐翰烈這下子直接表露出一絲不悅。

「做個健康檢查，和我心情好不好有何關聯？」

「徐翰烈。」

「怎麼了，我說得沒錯啊？又不是要依據我的心情好壞來做檢查。」

「你又來了，老大不小了怎麼還是這麼不成熟。」

主治醫師被夾在互嗆的姐弟之間只能尷尬地陪著笑臉。這是徐翰烈每次來醫院都會出現的熟悉橋段。

最終還是由徐翰烈結束了這場無意義的氣勢較勁。

「總之，一直待在這邊實在太悶了，還是盡早結束吧。」

「是的，馬上為您進行檢查。首先，我們將透過血液檢查您的整體發炎指數，也會檢查心電圖和心臟超音波。活體組織檢查則是等今晚睡一覺起來後，明天一大早再來進行。大約三十分鐘就可以結束，不用太過擔心。我們的護理師稍後會來協助您完成活檢化驗前所需的準備，還有什麼其他想知道的嗎？」

「做活檢化驗的時候，導管一定要從腿部放進來嗎？」

「喔，也是可以從頸靜脈置入導管，不過頸部在穿刺的時候，必須更加小心謹慎才行呢。由於您本身血管壁較為脆弱，您的家屬們擔心發生頸動脈侵犯、血管損傷和穿孔等意外，所以這次選擇從股靜脈插入導管。假如是從頸靜脈施行，結束後多少會造成您說話或進食上的不便。」

「脖子不舒服個幾天不是問題，但下面無法使用的話，問題可就大了。」

儘管用詞並不露骨，語氣卻充滿了暗示意味。尤其他接著補充的這句話更令人遐想：

「都不知道他有多小題大作，只要看到我有一點不舒服就馬上停手。」

「你可以住嘴了，別老是講話這麼不知檢點。」

徐朱媛睇起眼喝叱了一聲，但對徐翰烈來說根本不痛不癢。他甚至還不知反省地回嘴說：「我怎麼了？」把場面搞得難以收拾。

正當楊祕書打算居中勸阻時，病房的門無預警被打開。所有人不約而同往門口看去。剛從外面走進來的白尚熙眼神詫異地掃了一圈房內的人們，和徐翰烈對視時還疑惑地挑起眉毛，像是在問他怎麼回事。徐朱媛把他從頭到腳打量一遍：

「說人人到呢。」

「……什麼啊，你怎麼會跑來這裡？你不是在拍片？」

「你怎麼說得好像這裡不是我該來的地方，來醫院當然要有監護人陪同啊。」

聽見白尚熙毫不懷疑地自稱是監護人，徐朱媛表情略為扭曲。徐翰烈起先還一副不敢置信的模樣，這時才笑了起來，往門口方向撇頭示意。

「聽到了沒啊，徐會長現在可以回去了。我已經是個成年人了，沒必要還來兩位監護人在場陪同。」

徐翰烈一抬手，白尚熙便走過去牽住他的手。徐翰烈直接把他拉過來坐在自己的身旁。徐朱媛吁出一口長氣，從座位上起身。

「檢查就按照我說過的來進行，結果一出來請楊祕書立刻通知我，有什麼事隨時聯繫。」

「沒問題。」

徐朱媛和主治醫師互相點了下頭之後便走出病房。她沒有特別和徐翰烈道別，僅是不發一語地輪流盯著徐翰烈和白尚熙看了會，用眼神向他們交代盡在不言中的訊息。送她出去的楊祕書也離開了病房，房間裡剩下徐翰烈和白尚熙，還有主治醫師。徐翰烈於是望著主治醫師，像在問他還有什麼話要說。醫生為難地笑了笑：

「所以活檢該用哪一種方式……」

「我又不是無行為能力人，這種時候不是應該遵從本人意願才對嗎？我明明一再表示要從頸動脈進去。」

在一旁聽著兩人對話的白尚熙發出低聲的嘆息。

「原來是為了這件事在吵架？」

「哪有吵架？」

「還是請您按照徐會長的意思來進行吧。」

「咦？」

白尚熙突然提出的要求讓主治醫師當場愣住。醫師馬上偷覷了下徐翰烈的反應，不出所料，徐翰烈氣憤反駁道：

「你在說什麼啊？幹嘛自作主張……」

「別的不說，徐會長最注重的就是你的身體健康，所以這次就聽從她的意見，對你來說應該也是最好的選擇。」

白尚熙用不看也知道的口吻一語道破剛才的情形。「不是嗎？」被他這麼一問，徐翰烈悻悻然閉上嘴，說不出否認的話來。白尚熙向徐翰烈的主治醫師進一步求證：

「醫生也是本來就比較推薦這個方式吧？」

「是這樣沒錯……」

「那麻煩就這樣進行吧。」

白尚熙再度拍板定案。徐翰烈只是用不滿的目光看著他而已，沒繼續反對。

「我知道了，那我們會準備大腿股靜脈的置入方式，今天就依序進行抽血和超音波檢查吧。」

主治醫師簡單頷首後便走出了病房。白尚熙也起立朝醫生彎腰致意，才又坐回沙發上，然後定定盯著徐翰烈生悶氣的側臉。

「你都不看我一眼嗎？為了能及時過來陪你，我可是通宵拍攝趕過來的。」

「我又沒叫你趕過來。」

「鬧什麼彆扭。」

白尚熙慢慢地傾身靠過去，沙發靠墊被他壓得微微下陷，接著柔軟的嘴唇在徐翰烈臉頰上按壓了一下。親完後，白尚熙注視著他仍板起的臉，叫了聲：「翰烈啊。」徐翰烈沒應聲，固執地直視著正前方不肯看他。白尚熙於是又溫柔地吻他，叫著他的名，就這樣一遍又一遍，重複持續著同樣的動作。白尚熙的唇逐吋逐吋沿著臉頰來到耳際，把徐翰烈的耳垂輕輕含在嘴裡又放掉，惹得徐翰烈縮了縮脖子。等到白尚熙舌尖滑進耳道洞裡時，徐翰烈身子終於忍不住震顫起來。白尚熙抓住這剎那間的破綻，輕柔地將他摟過來，一口氣放倒在沙發上。

徐翰烈雖不滿地蹙著眉頭，但卻仔細端詳起白尚熙那張臉，還伸手覆上他額頭。

「所以……你真的感冒了？」

「沒有啦，姜室長沒事亂說的。」

白尚熙抓下徐翰烈的手，把嘴唇埋進手心，視線卻牢牢黏在徐翰烈臉上。他輕輕撫摸著徐翰烈的臉蛋，那倔強的表情於是開始出現一絲鬆動。

「倒是你，你是不是偷偷在等我？」

「沒有啊，我又不是三歲小孩，而且這種檢查也不怎麼危險……」

「你騙人。」

白尚熙調侃著嘴硬的徐翰烈，同時吻上他的唇。他對著那固執的上唇甜蜜地含吮拉扯，再偏過頭吸住飽滿的下唇瓣。徐翰烈被壓制的身體懶懶掙扎了幾下，無所畏忌地接受了他的吻。兩人舌尖相對，如撩癢般互相摩擦，呼吸開始變得不穩定，唾液也越漸泛起甜味，激發了欲望。白尚熙使勁攪和徐翰烈主動闖進來的舌肉，再倏地大力吮吸，徐翰烈扁扁的肚子這時不停下沉又鼓起，夾住白尚熙腰身的膝蓋也不自覺地收緊。

這時忽然響起一陣敲門聲，大概是楊祕書去送行回來，要不就是護士要來抽血了。兩人的視線在半空中交會，短短幾秒鐘，體感卻莫名漫長。

沒得到任何回應，外面的人於是重新敲了敲門，還叫了聲：「本部長。」企圖引起注意，一聽就知道是楊祕書的聲音。得知了來者身分，徐翰烈的手掌忽然從白尚熙後頸向上插進他的頭髮裡。白尚熙的嘴角微不可見地抽動了幾下。

「等五分鐘再進來。」

徐翰烈跟門外的楊祕書爭取了一點點時間，然後直勾勾仰望著白尚熙，配上一個徐緩舔過帶著晶瑩唾液的下唇的動作。他挑釁的眼神，促使白尚熙臉上笑意更濃。白尚熙彷彿是從雲層間灑落在徐翰烈身上的一束灼熱陽光，再度與他火熱地纏綿在一起。

徐翰烈做完超音波檢查，不知不覺已到了晚餐時間。明明沒做什麼，光是走了一趟檢查室，他就已筋疲力盡。很奇怪，每次只要來到醫院就會感到渾身無力。可能是身處在和過去相似的環境裡，讓大腦產生某種錯覺，習慣性地想要回到熟悉的場景，於是把以前那種感受原封不動地搬到現在這個身體來；又或許是為了恢復日常生活而持續繃緊的神經一下子鬆懈下來的緣故吧。

會客室的餐桌上已經準備好兩人份的餐點。楊祕書提醒他們主治醫師曾經強調過的注意事項：

「今晚九點到明天檢查之前的這段時間必須禁食，兩位請早點用餐吧。」

徐翰烈不情不願地巡了一圈餐桌上的食物，似乎不怎麼想吃飯，也沒什麼胃口。白尚熙用手臂圈住他的腰，動作自然地把他帶往餐桌椅：「坐下吧。」他讓徐翰烈坐在椅子上，還親自把湯匙交到徐翰烈手中讓他握住。一個個掀開碗盤上的蓋子，白尚熙向楊祕書建議道：

「楊祕書也去吃過飯再來吧。」

「沒必要，你可以直接回去了，反正今天的檢查都結束了。」

徐翰烈瞪著那些完全沒興趣的食物一邊下達指令。沒料到徐翰烈會如此吩咐，楊祕書稍作遲疑，但很快便開口拒絕：

「沒關係，畢竟明天一大早就要檢查，我還是直接留在這裡好了。」

「為什麼每個人都要搶著當陪病監護人啊。」

徐翰烈充滿不耐煩的責難讓楊祕書和白尚熙不由得對看了一眼。白尚熙聳聳肩，然後點頭妥協，要楊祕書順著徐翰烈的意思去做。

「那我會在外面待命……」

「幹嘛老是逼我講那麼多遍？別害我變成惡質主管好嗎？你就回家休息一晚明天再來啦。」

「對啊，有什麼想知道或需要確認的事情就跟我聯絡。」

白尚熙默默介入，出面緩頰。乍看彷彿是想平息不必要的衝突，實際上根本是和徐翰烈聯手施壓。話已至此，楊祕書也沒能耐再繼續堅持下去。

「我知道了，那我明早再過來。有什麼需要的話隨時……」

「好的，有需要我會打電話給你，楊祕書請小心慢走。」

白尚熙再次不動聲色地進逼。楊祕書小聲嘆了口氣，恭敬地打完招呼才離去。徐翰烈瞪著他靜悄悄關上門，受不了地噘起嘴：「真是講不聽。」白尚熙「噗」地輕笑，朝他嘟起的嘴唇啵了一口，親完神色自若地走到對面就坐。徐翰烈的視線瞬間從門口轉移到白尚熙身上，只見白尚熙提起眉梢，似乎在問他「有什麼問題嗎」。徐翰烈實在搞不懂這傢伙到底是少一根筋還是存心裝傻，儘管被偷襲了這麼多次，仍是適應不來他此種舉動。

徐翰烈不滿地掃視著桌上準備好的飯菜。對比白尚熙那份家屬用的一般餐點，他自己這份一看就知道就是病患餐。

「我又不是因為生病才住院的，就非得讓我吃這種東西嗎？」

「至少比外面買的好吧，盡量清淡不刺激，而且又營養均衡。」

白尚熙拿自己的湯匙挖了口飯去舀湯，然後餵到徐翰烈嘴邊。見徐翰烈堅持不肯張嘴，還用湯匙在他嘴唇上輕點了幾下。徐翰烈皺著眉，勉為其難地張開了嘴。湯匙塞進他嘴裡時還發出清脆的碰撞音。徐翰烈不知道是不是自己看錯，感覺白尚熙的眼神在這一刻變得更為專注。

他如同嚼蠟般咀嚼著嘴裡的食物，咕噥抱怨道：

「難吃。」

「嗯，我知道。」

白尚熙剔下一塊幾乎沒調味的蒸魚魚肉放在飯上，用湯匙挖起一大口飯，再次送進徐翰烈嘴裡。陸續被強迫餵食了幾口，徐翰烈搖搖頭：

「吃不下了。」

「你這樣晚點肚子餓了的話怎麼辦？九點之後連水都不能喝了耶。再多吃一點。」

「吞不下去了嘛，一下子強塞那麼多食物下去，要是我消化不良，你要負責嗎？」

他任性起來簡直就是個小孩子。白尚熙覺得自己應該像對待小朋友一樣，用甜甜的糖果之類的東西來哄他。

凝望著徐翰烈，白尚熙出其不意地親了下他的嘴。莫名其妙的舉動害徐翰烈當場愣住，一臉充滿疑問地看向他。見白尚熙用眼神示意了下他手上那口飯，徐翰烈這才明白了他的意思，很不甘願地打開嘴巴。照計畫成功把飯餵進去的白尚熙等徐翰烈的兩片唇瓣一閉合，馬上又親了他一下。

「這是……你以為你在餵小狗吃零食啊？」

徐翰烈雖然嘀嘀咕咕發著牢騷，卻還是把白尚熙餵過來的飯都乖乖吃下去，也假裝拿他沒轍地回應他接二連三的吻。白尚熙中途有一次忘了獎勵徐翰烈，還被他揪住領子好好奪回他應得的獎賞。

好不容易才將桌上餐點吃了一半，徐翰烈再也受不了地喊停，整個人還向後退開，用全身拒絕進食。

白尚熙也不再強迫，點點頭表示了解，同時把本來要餵給徐翰烈的飯毫不猶豫地放進自己嘴裡。見到他的動作，徐翰烈頓時蹙起眉頭。

「真的是不怎麼好吃。」

「幹嘛每次都吃別人吃過的東西。」

「你又不是別人。」

白尚熙抬眼對上徐翰烈的視線。他面無表情地咀嚼著口中的食物，一邊歪頭，像是在提出質疑。徐翰烈想起很久以前在食堂的時候也是，兩人只上床還沒交往的時候也是如此，白尚熙似乎完全心無芥蒂。徐翰烈當時要不是因為太震驚，不然就是太過羞恥，所以才都沒有制止，但今天他是真的看不下去了。

「吼，我叫你不要老是吃別人吃過的髒東西嘛。」

「哪裡髒了？」

「你明知故問喔？幹嘛放著自己好好的飯不吃，偏要吃我的啊？」

「只是，覺得好奇啊。」

「哈，好奇到底有多難吃是嗎？」

「嗯。」

徐翰烈被他過於直接的辯駁氣得說不出話，粗聲喘著氣。白尚熙把剩下的飯挖得一粒不剩送進嘴裡，又再補充解釋道：

「不管是你吃的東西，還是讓你產生那種表情、讓你討厭到極點的事……最近我對這些細瑣的每件事都感到好奇。」

白尚熙淡漠地喃喃著，一邊隨意舔去手上沾到的東西。他忽地投來一道無比專注的視線，仔細地端詳著徐翰烈。也不是沒有這麼做過，但徐翰烈的骨盆內側卻悶悶地起了反應。我對你感到好奇——這麼一句普通的話，卻比其他告白的情話激起了更大的波瀾。那是一種純粹到不行的、單純又熱切的渴望。每次窺見那濫情的白尚熙展現出如此笨拙純真的一面時，徐翰烈的掌心內側便一陣發麻。他的唇畔因莫名的成就感而抽搐咧起，連後頸的絨毛也整片站立。

忽然在這時響起敲門聲。注意力全集中在白尚熙身上的徐翰烈因此受到不小的驚嚇。白尚熙不曉得是否察覺到他正處於想朝自己撲過來、箭在弦上一觸即發的狀態，用口型對他無聲地說了句：「晚點再說。」然後應聲讓門外的人進來。

門很快地打開，護理師進到病房內。白尚熙見對方行禮，也跟著點頭回禮。

「抱歉打擾了。餐點都用完了嗎？」

「吃完了，請問有什麼事嗎？」

「啊，是這樣的，因為明天要活檢的關係，需要把鼠蹊部的毛髮去除乾淨，所以送了些可能會用到的物品來。」

護理師拿出一條除毛膏，白尚熙立刻接過來，翻轉著手上的除毛膏確認道：

「只要用這個把交界處的毛除掉就可以了嗎？」

「啊，最好是連旁邊也都大範圍地剃除乾淨會比較好。」

「連小細毛也都要除掉？」

「是的。」

白尚熙點點頭，閱讀著產品背面的使用說明。他看得太過仔細，導致沉默的時間越拉越長，旁人都不自在了起來。徐翰烈悄悄別開頭閃避視線，護理師露出尷尬的笑容，暗示自己要先行退場。

「若是還有什麼需要請隨時通知我們，餐盤直接放在這裡就好，會有人過來收拾的，那我先告辭了。」

護理師出去後把門關上。還在熟悉使用方法的白尚熙默念著：「要在沐浴後皮膚溼潤的情況下使用。」語畢突然伸手攫住徐翰烈的胳膊。

「幹嘛？」

「先去洗澡吧。」

徐翰烈被白尚熙拉進一旁的浴室。不只有讓人聯想到梳妝室的乾溼分離洗手檯，還有大型按摩浴缸，這裡的設備跟飯店套房相比絲毫不遜色。

抵達浴室後，白尚熙鬆開徐翰烈手臂，大步走近他。兩人一下子來到鼻梁交錯、能夠感受到彼此呼吸的距離。嘴唇即將重合的瞬間，徐翰烈緩慢後退。他退多少步，白尚熙便前進多少步，兩人的鼻尖唇瓣數度幾乎相碰，驚險掠過彼此。不多時，背後就是洗手檯的徐翰烈失去退路，白尚熙彷彿等待已久地將他抱起，讓他坐在檯面上。徐翰烈也捧住白尚熙湊過來的臉，和他激烈相吻。緊緊銜接、反覆分合的唇瓣間隙之中，不停散溢出不捨的喘息。

徐翰烈的兩隻手從白尚熙臉龐、脖頸、肩膀、胸膛依序一寸寸向下撫摸，來到腰間的手抓住衣服下襬輕輕往上捲。專注地吸吮著徐翰烈嘴唇的白尚熙及時低下頭，協助他幫自己脫去上衣。徐翰烈順手為白尚熙整理脫衣時亂掉的頭髮，白尚熙抓下徐翰烈的手放到自己頸後，重新堵住他的嘴。徐翰烈亦是陶醉地閉上雙眼，溫順地承接對方帶著甜意闖進來的舌頭。

熟稔的手法下，鈕扣一顆顆解開，上衣前襟處頓時一片空虛。白尚熙的大掌在徐翰烈光裸的胸脯上下其手，同時舌頭疊上徐翰烈的。筆直的手指輕碾軟嫩的乳頭時，徐翰烈難受地「嗯」了一聲，緊緊吸扯著白尚熙與自己交互纏繞的舌。

白尚熙搔癢似的不斷逗弄徐翰烈小巧的乳尖，另一隻手從他脊椎一路往下探。徐翰烈瘦削的背在白尚熙的觸碰下微微發顫。白尚熙像在演奏敏感的琴弦，手在薄薄的皮膚上遊走，連著內褲一口氣褪下徐翰烈的褲子。徐翰烈稍微提起腰桿，更為急切地把白尚熙的臉捧到自己面前。白尚熙托住他晃動的腰，更深切地相吻。

徐翰烈半躺在洗手檯上，醉心地嘖嘖吮著白尚熙的舌，臉頰和耳尖已經透出漂亮的緋紅。極度亢奮的動作，雖然讓白尚熙感覺舌頭都快要被連根拔起，但假如此刻要白尚熙交出餘生的最後一口氣，他大概也心甘情願，無怨無尤。

讓徐翰烈主導了一段時間之後，換白尚熙猛然吸住他的舌，徐翰烈便跟著起身撲上前。白尚熙直接含住他的舌頭，甜美地吸嘬著，慢慢把人帶到花灑下方。

把徐翰烈抱到地板上時，兩人的嘴才終於分開。白尚熙輕啄了下徐翰烈氣喘吁吁的唇，又接連吻他的脖子和肩膀周圍。徐翰烈也一邊齧啃著白尚熙耳朵，挑起他的激情。打開水龍頭，溫水從頭頂花灑落下，澆溼了兩個人的身體。每當嘴唇從彼此的皮膚上離開時，水總會滲進嘴裡，他們兩人卻一點都不在意。

白尚熙擠出沐浴露搓出豐盈的泡沫，原本靜靜看他動作的徐翰烈把手放到那些泡泡上面，整個掌心和指縫間都變得滑不溜丟的。兩人你給我我給你地玩著手中的泡泡，白尚熙趁機蘸了一點泡沫抹上徐翰烈鼻尖。徐翰烈說著：「什麼啦！」正想擦掉那些泡沫，卻被白尚熙截住雙手，用滑溜的鼻尖和他互蹭。兩個人相繼爆出發癢般的笑聲來。

在那之後，他們將大量的泡泡抹在彼此的臉或身體上搓揉著，有些激烈地打鬧嬉戲，偶爾泡沫或肥皂水會噴到眼睛鼻子或嘴裡造成刺痛，他們也不在乎。滑膩的扭打逐漸轉變成一種慵懶的氛圍。兩人不約而同地緩緩撫摸著彼此的身體，按摩著溼漉漉的頭髮和頭皮。感覺全身一點一滴地放鬆軟化下來。

白尚熙在傾瀉而下的水中細心清洗著徐翰烈的頭髮。徐翰烈盯著他舉起的手臂，忽然在內側發現一個陌生的傷口，伸手碰了一下：

「什麼啊，這是在哪裡傷到的？」

白尚熙朝自己的手臂內側看了一眼，上面有個清晰的擦傷。發紅的皮膚上也出現隱約可見的瘀血。大概是在拍攝過程中受的傷。最近拍了不少動作戲，自己都沒發現的傷口越來越多，就算看到了也完全不當一回事。白尚熙做出一貫的反應：

「不曉得，大概在哪裡稍微刮到的吧。」

「我不是說了，不要在身上弄出傷痕，這副身體是你唯一的資產耶。」

徐翰烈不開心地責備，卻伸手輕撫那傷口，中間還不時瞄著白尚熙，像是在確認他會不會痛。

「嗯，是我錯了。」

白尚熙一邊偷笑，兩隻手從徐翰烈的兩側耳後向下撫摸至後頸。肌膚表層幽幽融化開來的感覺讓徐翰烈仰起頭發出吟聲。白尚熙用大拇指畫圓般地從他後頸揉按到肩胛，舌尖勾起他的耳垂輕囁了一下，在他溼濡的耳邊悄聲說著：「我以後會小心。」徐翰烈於是抓住白尚熙的臉再次和他接吻。

十分鐘可以結束的澡，他們卻洗了三十分鐘。浴室裡充滿氤氳水氣，開始因吸不太到氧氣而感到有點頭暈。

「靠在這邊吧。」

白尚熙將腳步不穩的徐翰烈扶到浴缸邊坐下，然後拆封了護理師給的除毛膏。徐翰烈不樂意地看著白尚熙跪在自己腿間再次確認著除毛膏的使用方式，冷不防朝他伸出手。

「給我，這個我自己會用。」

「你有用過?」

「這有什麼難的，使用方式上面不是都寫得很清楚嘛。難道你就有用過喔?」

白尚熙揚起了眉毛，並沒有答腔。見狀，徐翰烈先是呆了幾秒，臉瞬間皺起，最後氣不過地怒搥白尚熙肩膀。

「去你的，到底是幫誰……」

「誰說我是幫別人用的?是以前拍畫報還有出席時裝秀的時候曾用過幾次。除毛的部位不在這裡就是了。」

白尚熙笑著轉開蓋子，擠了一大坨膏體出來，然後從徐翰烈的下腹部開始，逐一塗抹在性器、會陰部，甚至臀部周邊。儘管他的動作毫無不純的意圖，徐翰烈身子卻莫名緊張起來。被白尚熙修長的手指揉搓著恥骨附近的每一處，令徐翰烈變得萬分忐忑。

「看起來也沒什麼要除的嘛。」

白尚熙低喃之餘，輕輕拉扯著表皮查看體毛的分布情形。指尖按壓著皮膚的觸感，以及輕柔撫過汗毛的感覺，讓徐翰烈不得不緊緊抿住了嘴。不知為何，他連呼吸都不敢太過用力。

白尚熙用手按揉，翻開大腿內側凹折的區域，並用附帶的除毛刮刀輕輕刮除覆在表面的乳膏。堅硬的塑膠刀刃完全貼合肌膚，一鼓作氣地推開來。雖然重要部位是不可能被刮傷的，但看著都想捏一把汗。感到皮肉被按壓拉扯，徐翰烈無緣無故地嚥下口水。當刮刀從骨盆邊緣滑進腹股溝內側時，一種似有若無的熱意似乎擴散到了陰莖的內部。

「稍微往後仰，我檢查一下下面。」

白尚熙的聲音比起之前要來得低沉，看不出有半點興奮的跡象。但徐翰烈還是難以承接他直視的目光。

徐翰烈說著：「差不多就可以了。」意圖制止白尚熙的動作。白尚熙搖頭不願同意，陡然握住徐翰烈的膝窩向上舉，讓他身體自然後仰，然後托起晃蕩的性器，也用手指撥開陰囊，查看下方的會陰。就連那裡也被白尚熙用刮刀仔細處理，將不顯眼的細毛完全去除。為了檢查除得是否乾淨，他還在平滑到發出光澤的部位來回慢慢撫摸。

不具特殊意味的觸碰，卻把徐翰烈摸得雙腿都在哆嗦。熱流一波波凝聚在胯下，膝蓋不聽使喚地抖動了起來。

白尚熙打開浴缸上方的花灑，用水把徐翰烈身上殘留的除毛膏全數沖乾淨，性器上沾染到的也小心地搓揉拭去。失去依靠的性器可憐地顫抖著嫩白的柱身，由於是勃起狀態，頂端處熟透豔紅的模樣看起來十分可口。水柱停止沖刷後，仍顯得亮晶晶的鈴口上凝結的並不是一般的水滴。盯著近在眼前的物事，白尚熙的喉結明顯地滾動。徐翰烈同樣咬緊飽滿的下唇，屏住呼吸低頭看他。白尚熙頓時抬眸對上他的眼。

「光溜溜的，真漂亮。」

——要是當初在游泳池畔看到的話，肯定又會忍不住動手了。

後面呢喃的低語讓徐翰烈懷疑自己耳朵是否聽錯，他沒時間去分辨清楚，白尚熙已經溫柔地吻上他的性器。即使是非常微弱的接觸，白嫩的性器彷彿被火燙到一般狠狠抖了抖。徐翰烈將下唇咬得更深更緊。

白尚熙兩手大拇指打著圈按摩徐翰烈的腹股溝，光是這麼做，性器就變得硬梆梆，一蹦一跳的。持續湧上的排尿感讓徐翰烈手腳指尖都在緊張施力。

徐翰烈無法再忍受下去，一把抓住白尚熙頭髮，另隻手則疊上他的拇指，描繪著股間的皺摺，挑撥道：

「明天這裡被開一個洞之後，你就要餓上好一段時間了，不覺得惋惜嗎？要不趁現在多吃一點？」

說著，徐翰烈把對方的腦袋往自己的胯部攬。白尚熙無聲勾起嘴角，完全不抗拒地分開他膝蓋，卡進他雙腿中間，從膝蓋沿路啄吻到柔嫩的大腿內側。徐翰烈的性器很快地戳在他臉頰上，他毫不猶豫地將它一口含住。溫熱的黏膜細細密密裹住性器表面開始收縮，徐翰烈緩緩揉捏著白尚熙的耳肉，下腹部開始鼓脹。

「唔嗯……」

白尚熙徐徐動著頭部，帶著虔誠地服侍著塞滿口腔的性器。性器被恰到好處的力道吸進去，一口氣闖進喉嚨，使勁抵到了深處。照理說應該要浮現作嘔反應的，白尚熙卻面色不改地收緊嘴唇，進一步壓迫性器，並且不讓徐翰烈退縮地牢牢抓住他的大腿。

徐翰烈沉醉在這股甜美的包覆感之中，兩耳泛紅的他開始擺動起腰部。白尚熙盡量張開嘴打開喉嚨，讓徐翰烈的性器得以自由進出，間或不定時地大力嘬吸。

「啊呃、嗯、呃……」

強烈的刺激如瀑布沖瀉而下，浸淫了全身。徐翰烈腰肢顫抖，不知所措地垂下頭，眼神游移地看向下方。只見白尚熙全然勃起的性器正急切地在光滑的地板上摩擦。徐翰烈挪動腳掌去輕輕撫慰那可憐的傢伙，發覺白尚熙肩膀和背部驚人地隆起，性器感受到的吸附力馬上倍增。

白尚熙暗中動起了腰部，腦袋的動作也跟著加快節奏。在越來越猛烈的快感之中，徐翰烈腳踩白尚熙陰莖施加著壓力，並將他的腦袋牢牢抱進懷裡。徐翰烈的骨盆全然貼上白尚熙的下顎時，白尚熙的脖子膨脹了起來。同時，徐翰烈懸在半空中的腰也跟著瑟瑟發抖。

「呃啊、呃……哈呃呃……！」

徐翰烈發出高昂的呻吟，射了白尚熙滿嘴精液。即便如此，白尚熙卻沒有停下動作，繼續滋滋地吸吮口中的肉莖。徐翰烈頭皮發麻地悶哼，推開他說：「好了。」堅持著不肯鬆口的白尚熙過了好一陣子才終於放過他。被唾液和體液弄得黏糊糊的性器好不容易拔出來後抖個不停，它被折騰得厲害，尖端鮮紅欲滴，簡直像是要滲出血來。

「哈呃、哈呃呃……可以了，吐出來吧。」

大口喘氣的徐翰烈拍了拍白尚熙的臉頰，但白尚熙只是抬頭默默看著他。嘴巴裡應該都是鹹腥味，白尚熙卻沒有露出一絲牴觸的表情。

「我叫你吐出來。」

徐翰烈皺起眉頭，又勸告了一遍，還戳了下白尚熙肩膀。白尚熙緊盯著徐翰烈的反應，然後緩慢吞下了含在口中的東西。他的喉結伴隨著咕咚的吞嚥聲慢慢滾動了一下，而徐翰烈根本來不及阻止。慢了一拍才反應過來，徐翰烈受不了地打了個寒顫。

「靠……你為什麼要把那個吃下去？」

「怎麼了，這是我今天吃到最美味的東西。」

「少發神經了，趕快吐出來。」

「有必要嗎？」

白尚熙淡然輕笑，唇瓣從徐翰烈的膝蓋、大腿內側再到骨盆，循序逐步按壓其上。接著再到腰腹、手肘、肩膀、脖頸，沿路吻上去，並將徐翰烈的手帶到自己的下體。

徐翰烈握住他的陰莖，同時將眼前滾動的喉結一口含住。他用嘴唇緊吮著喉結並伸舌舔拭，手上使力一握，白尚熙便自己聳動起腰身來。頂弄力道之大，徐翰烈被他挺腰的動作頂著頂著，漸漸倒臥在浴缸邊緣上，就算想維持姿勢也無法。

下體宛如一頭憤怒的公牛在衝撞，白尚熙卻還不停啄著徐翰烈唇角，甜蜜央求他說：「吻我。」徐翰烈一方面覺得無言，一方面仍舊默默張嘴，接受白尚熙猛烈滑進來的舌。

但沒幾秒鐘，徐翰烈瞬間擰起了眉頭。他推著白尚熙胸膛，暫時讓人遠離自己一點。

「唔，什麼啊……有夠腥的！」

聽到他對精液味道誠實到不行的感想，白尚熙不禁笑了出來。徐翰烈激動吵著要他快點去刷牙，白尚熙卻一把扣住徐翰烈下巴重新堵住他的嘴。兩條舌劇烈又黏膩地互相纏絞，口中生出大量涎液流進喉嚨，徐翰烈只能咕嚕嚕地嚥下去。縈繞在嘴巴裡那股嗆人的味道被稀釋開來後，原本在白尚熙懷中掙扎不休的徐翰烈終於老實了，甚至反過來咄咄逼人地撲向白尚熙。白尚熙只能一遍又一遍地朝他傾吐自己膨脹得無可救藥的愛意。

✦

令人擔心的活體組織檢查按照原訂計畫在三十多分鐘內就結束了。剩下的任務是要好好抑制大腿靜脈的出血。因為血管較粗血流量大，止血並不容易。用導管採集了一小部分的心室組織後，必須立刻用縫合器將穿刺部位止血。隨著麻醉退去，縫合部位因為受到壓迫，讓人相當不適。

完成所有處置後，徐翰烈回到病房。明明只是局部麻醉，他卻覺得腦袋昏昏沉沉。醫生叮囑說他必須再臥床三四個小時才能完全止血，看來是連小解都只能躺著了是吧？徐翰烈一直臭著一張臉，切口處蔓延上來的痛意以及止痛藥引起的反胃已經夠難受了，再加上現在還不能隨心所欲地下床，儘管理智上明白這是沒辦法的事，心情還是免不了受到影響。考慮到他此刻敏感的心緒，只留白尚熙隨侍在側，楊祕書則是在會客室待命。

白尚熙小心關上門，走近病床坐下。徐翰烈正瞪著空中無辜的某一點發呆。白尚熙伸手在他臉上戳了一下。

「怎麼又不開心了？」

「這該死的疼痛都沒減輕，他們真的有給我止痛嗎？」

白尚熙確認了下他的點滴，止痛劑滴落的速度和一開始沒什麼不同。連接在他手背上的注射管線也沒有血液回流的狀況。

「看起來是正常的，還是很痛的話，要不要請他們換別的止痛藥？」

徐翰烈煩躁地皺著眉，卻搖了搖頭。其實止痛藥的副作用他早就深有體會，也很清楚自己的體質不能隨意更換藥物，知道就算換了藥，也不代表傷口的疼痛和反胃感就會完全消失。

「媽的……感覺胃一直在翻攪，快要吐了。」

「難受的話就吐出來沒關係，不要忍。」

「呵，所以我到死之前都得一直重複經歷這些鳥事？」

「就是說啊。」

白尚熙淡定聽取徐翰烈抒發心中的不滿，像是願意讓他盡情發洩情緒。而徐翰烈亦是待在他身邊時特別任性驕縱。

「再這樣下去，全身上下找不到一塊完好的皮膚，到處是開刀和針頭痕跡，根本要變成科學怪人了。」

「就算是那樣，你還是會很好看的，不用擔心那一點。」

白尚熙摸了摸徐翰烈氣鼓鼓的臉，極其小心翼翼地不斷輕撫他變粗糙的臉頰、下巴、耳朵，還有頭髮。他的觸碰是如此輕柔，幾乎使人發癢。徐翰烈臉部和耳朵的細毛不禁根根豎立而起。

只見他眉毛聚攏成一條線，忿忿提出抗議：

「你到底是在安慰我，還是在打擾我休息啊？」

「那你想要我怎麼做？到外面去不要吵你？」

「才不讓你出去，你給我躺上來。」

「不可以，你還沒完全止血。」

剛剛還表現出什麼要求都會答應的態度，現在卻又一口回絕。徐翰烈撇撇嘴，一副他早就料到的模樣。沒想到白尚熙忽然伸手在他左胸點了點，讓他難看的臉色瞬間好轉。

「我從之前就覺得，你這顆心臟真是可愛。」

「你從哪裡看出它可愛了？」

「我們昨天不是一起看了超音波？光看那黑影噗通噗通跳動的樣子，就覺得它很可愛、很了不起。」

「沒事拍什麼馬屁啊，而且，這顆心臟又不是我的。」

「它這麼適應良好地待在你身體裡，當然是你的，不然是誰的。」

白尚熙無預警地俯下身，不消多久，他的腦袋已輕貼在徐翰烈的胸口。

「幹嘛突然這樣？」

「我想聽你心臟跳動的聲音。」

「又不是胎動，這樣就能聽見？」

「嗯，聽得見，而且我覺得跟胎動沒什麼差別啊，從今以後這個小傢伙就是我們的希望了。」

白尚熙微微一笑閉上了眼，還偷偷在徐翰烈胸前磨蹭著臉頰。把柔軟的耳朵蹂躪到變了形，他旋即深深吁出一口氣。徐翰烈佯裝拗不過他撒嬌，把他的腦袋瓜摟進懷裡，手指也插進濃密的髮間，故意玩弄似的揉著他的髮。白尚熙迷迷糊糊地用鼻音哀求要徐翰烈繼續，也伸出手扣住他的手腕不讓他走。

規律的心臟脈動聽起來宛如安穩的搖籃曲。因為身體緊貼著白尚熙的緣故，心跳的震動如實地傳了過來。兩具相疊的軀體在小小的共振下輕微上下起伏，不同拍的呼吸聲漸漸合而為一。半晌後，兩個人的眼皮開始沉重，撫摸彼此的動作也變得越來越緩慢。

不知過了多久，門外驟然響起楊祕書的聲音。

「是的，現在已經都檢查完畢，正在裡面休息。啊，請您稍待片刻。」

楊祕書腳步聲逐漸接近，隨後響起一陣平穩的敲門聲。由於沒聽見任何回應，楊祕書再敲了一次，裡面還是寂靜無聲。他先報告：「我要進去了。」然後隔了一會才打開門。

「本部長，徐會長打電話來……」

為了保險起見而盯著地板講話的楊祕書察覺到異狀，一抬起頭來，兩人不小心睡著的模樣隨即映入眼簾。見他們睡得那麼熟，他也不敢輕易將兩人叫醒。

「徐會長，我是楊俊錫。本部長現在在睡覺，等他醒來我會告訴他您有打電話過來，再請他回電給您。」

楊祕書告知對方病房內的情況，小聲地關上門出去了。向徐朱媛報告的聲音漸漸遠離，最後完全消失在房內。

再次寧靜下來的病房裡，只聽得見加溼器細微的噪音，和兩人時不時響起的酣甜呼吸聲。

SUGAR

03

The Crack

SUGAR DAYS

DAYS

白尚熙接到公司代表的呼叫而去了公司一趟。接近午餐時間，他決定先到公司餐廳吃個午飯。很久沒來了，餐廳看起來沒有太大的變化，依然由專業的大廚們以最佳形式烹調餐點，員工們按照各自的口味享用各式菜餚，充分享受著休息時光。

SSIN娛樂的經營體系也是沒什麼改變，雖然成立了新人開發團隊，不久前也招攬了幾位新人演員，但和徐翰烈擔任代表時的差異僅只於此。自公司成立以來的元老級員工也大多數都還在職。這裡提供業界最好的待遇，並享有大企業級的福利，根本沒有跳槽的理由。就連那位最難搞、心思難以捉摸的代表都已經離開，還有什麼比這個更好的。公司裡的演員們，無論是在戲劇作品、畫報還是廣告，都能拿出高水準的完美表現，令人激起工作幹勁，實在無可挑剔。縱使經常需要超時工作或臨時加班，基於這樣的條件，簡直是找不到比這裡更夢幻的職場。

正因如此，職員們只要群聚在一起，總是充滿輕鬆和樂的氣氛。見到白尚熙走進餐廳，眾人無一例外主動向他問候，也親切無比地邀請他併桌吃飯。

「建梧，過來這裡一起用餐吧。」

「對啊，好久沒和你聊天了呢。」

「這邊也有空位喔。」

「我們這桌有絕佳的視野！」

白尚熙被大家半開玩笑的邀請逗笑，點著頭給予回應。姜室長這時用手肘戳他一下，朝某處撇了個頭。白尚熙回頭一瞧，印雅羅和她的經紀人面對面坐著正在用餐。用一大口菜包飯把兩頰塞得鼓鼓的印雅羅也馬上發現了白尚熙，對他揮了揮手。白尚熙向她彎腰行禮，她便用眼神示意自己面前的空位，要白尚熙過來跟她一起坐。

白尚熙把餐盤上的食物堆得像小山一樣高，然後朝那邊走去。印雅羅的經紀人對他說了聲：「你好。」識相地坐到別處去。白尚熙朝對方點了下頭，在他讓出的位子坐了下來。

「前輩最近過得好嗎？很久沒看到妳了。」

白尚熙高興地向她問好。印雅羅瞅著白尚熙什麼話也沒說，突然間發出竊笑。

「怎麼了？」

「一段時間沒看到你，你氣色變得很好耶，是有在保養嗎？」

聽到她不懷好意的疑問，白尚熙無聲笑了笑。印雅羅也咧嘴而笑，還不忘跟他介紹說桌上的哪道菜好吃。

白尚熙和印雅羅一直維持著不錯的交情。他們私底下並不會單獨見面或聯絡，畢竟彼此都很忙，頂多是像現在這樣，剛好在公司碰面而已。儘管偶爾才見上一面，每次見到面總是滿開心的。

印雅羅的個性本來就不在乎身分位階，待人真誠不虛假。由於和她之間的關係不須花費心思維持，更讓白尚熙感到相處起來很自在。她是同一間公司的同事，是傳授演技的老師，也是走在前頭為自己鋪路的前輩。而她俐落大方的個性、和自己還滿聊得來的這一點，白尚熙也很欣賞。

不過他對印雅羅只有尊敬之情，僅僅是人與人之間不涉及性吸引力的一種好感。想必印雅羅對他也是差不多的想法。也因為他和印雅羅的關係沒什麼好避諱的，白尚熙會毫不保留地向徐翰烈坦承自己在公司巧遇她，有和她會稍微聊個幾句。然而，徐翰烈每次聽他提到這種事情，還是會顯得有些悶悶不樂。一想起他那種時候的表情，白尚熙便忍俊不禁。

「幹嘛突然自己在那邊偷笑？這道菜吃起來有這麼感人？」

「不是，一時想到別的事情了。前輩最近在拍的電影怎麼樣？都還順利嗎？」

「別提了，我現在真真切切地感受到什麼叫體力跟不上了。我到去年為止通宵拍攝都還不成問題的，現在則是一天不如一天。」

印雅羅一邊搖頭一邊叫苦連天。但在抱怨的同時，她繼續用湯匙把餐盤剩下的食物全部搜刮起來，然後一口吃掉。

「你呢？同時軋兩部戲不會很吃力嗎？」

「硬著頭皮也得拍啊。一部是系列作，總不能現在才不負責任地退出，另一部……是因為有人想看我才接的。」

「趁年輕時候多打拚當然很好，但要是又像之前那樣，身體累到出問題怎麼辦？」

白尚熙抬高眉毛，露出訝異的神情。

「不是嗎？」印雅羅補充道：

「你好像存心要把自己累垮一樣，一頭栽進工作裡啊。後來搞到身心狀況出問題，出現工作倦怠，剛好徐代表要去養病，你才和他一起休養了一段時間不是嗎？」

當時的狀態確實是瀕臨崩潰，超出身心負荷上限，隨時有可能當機停止運轉。白尚熙已經想不太起來自己是怎麼撐過那時的一分一秒，他只是拚死拚活地工作，藉此消磨時間，不讓自己胡思亂想而已。假使身體有一瞬間的放鬆懈怠，讓頭腦有機會生出一絲雜念的話，他是絕對沒辦法在神智清醒的狀態下捱過那段時期的。

不知內情的人，應該會以為白尚熙是不想錯過這個扶搖直上的難得機會，但在印雅羅看來，似乎並非如此。

「和妳說的滿類似的……我當時非常需要休息。有些事，真的是要在停下腳步之後才會發現呢。」

「……什麼啊，一段時間不見，你怎麼變成哲學家了？」

聽到她故意捉弄的口氣，白尚熙再次噗哧一笑。他無意義地撥弄著自己盤子上的飯粒，不知不覺吐露出真心話：

「現在就還是會覺得，有點可惜。」

「什麼意思？」

「明明受到這樣的厚愛，都已經超出我應得的程度了，卻還是莫名感到心急。光是想到不知哪一天會迎來結束，我就會開始焦慮，覺得自己是否太虛度光陰了。」

「嗯……你這話講得比較含糊，所以我不是非常懂，但是，何必非得去想結束的事呢？反正人生有可能明天馬上就跟大家說拜拜，也有可能還要好幾十年才會結束，誰也無法預料和保證的這點，正是魅力所在啊。就是因為大家都用彷彿沒有終點的心態在過活，人生才不至於太過虛無嘛。」

話題雖有些嚴肅，但對話時的語調並不沉重。兩個人都用雲淡風輕的口吻在表明自己的想法。從旁人的角度看來，大概會誤以為他們在聊一些茶餘飯後的日常話題。

白尚熙像在思忖著印雅羅給予的建議，有一下沒一下地點著頭。他吃飯的動作是機械性的，沒表現出什麼特別的興致。印雅羅注視著他好一陣子，露出一個感到新奇的表情：

「我看你現在好像有比較熱愛生活了喔？不對，你這種程度，應該算是異常執著了吧？以前明明一副厭世樣。」

「我嗎？」

「嗯，就是你呀。最近找到活著的樂趣了嗎？是不是談戀愛了？」

一個人要意識到自己的變化並不容易，尤其是表情、態度、氛圍這些無形之中的轉變更是難以察覺。像印雅羅這樣時隔許久碰面的人都能發現的話，那應該真的是跟以前不一樣了。

白尚熙沒有正面回答，只是嘴唇明顯彎了起來，一臉完全洋溢在喜悅中的模樣。

「看看你這樣子，」印雅羅嘖了一聲：

「好好一個當紅炸子雞，竟然不否認自己在談戀愛？你還不曉得緋聞的威力有多可怕吧？」

白尚熙的手機碰巧在這時短短震動一聲，他用眼神表示抱歉，隨即確認手機——是徐翰烈傳來的訊息。白尚熙先前傳了訊息問徐翰烈吃午餐了沒，他僅回了一張三明治的照片過來。白尚熙正想問他：「你的照片呢？」手機又震了一下，徐翰烈傳自拍照來了。他用斜斜俯視著鏡頭的角度拍下這張照片，那看似沒好氣的微妙表情，讓看了照片的白尚熙眼睛不由自主地彎成了一條線。見到他露出這番模樣，印雅羅忍不住低低「哇」了一聲。

「我知道緋聞很麻煩……」眼神中含著癡迷地看著聊天室畫面的白尚熙喃喃道，緊接著又加了後面一句：

「……不過，我並不想否認，反而還總是想昭告天下呢，這才是大問題。」

「是年輕氣盛的關係嗎？你很勇敢欸。唔，某種意義上來說，還真是羨慕你。」

「有時候倒是會很想把他給藏起來，不給別人看。我最近也很好奇，是不是談戀愛本來就會這樣，每個人都會冒出這種想法？」

「幹嘛表現得像個沒談過戀愛的菜鳥啊，看你明明就是個情場高手。」

印雅羅覺得很無言地吐了個舌頭，還開玩笑罵著：「可惡，好羨慕啊。」說完，她突然話鋒一轉，問起徐翰烈的近況：

「對了，徐代表他還好吧？」

「嗯。」

「身體真的沒問題了嗎？」

「目前是沒問題，不過還要繼續觀察就是了。」

「我以前，大概是對生病的人有種刻板印象吧，做夢也沒想到徐代表個性那麼強硬的人竟然患有那種疾病。那是要很小心壓力的病不是嗎？真虧他能用那單薄的身子挺過來。」

白尚熙不由得露出一個有些苦澀的笑。對病人抱持成見的不是只有印雅羅一個。通常只要提到身患絕症或重病，一般都會認為病人該擁有超脫的、看開一切的、無欲無求的生活態度，而徐翰烈卻展現出與之完全相反的一面。無論是白尚熙、印雅羅，還是其他任何人，都萬萬沒想到他竟身懷惡疾，也不曉得因為他隨時有可能離開人世，是以他只能更嚴謹執拗地把握著每個當下。

「話說回來，那時候你在那邊稱讚徐代表很可愛的時候，我就應該要有所察覺的。得知你們兩個關係的時候，你知道我有多驚訝嗎？雖然曾暗中覺得好像不太尋常，但真的沒想到你們竟然會是兄弟。」

「這種事本來就不太方便告訴別人。」

「也是啦。」

印雅羅表示理解地點點頭，又說：「不過你們感情還真是好啊。」的確，這本該是一段再糟糕不過的淵源。就算他和徐翰烈最初遇見彼此的方式有所改變，也難以轉化他們之間的對立。按照常理來說，他們是絕不可能對彼此產生好感，也沒辦法輕易建立起好交情的關係。

如此水火不容的兩人，之所以能夠走到今天這一步，緣於一股突如其來的悸動。起初僅是一小簇火苗掉到了徐翰烈身上，細碎的火星子演變成熊熊烈焰，難以澆熄，長時間折磨他，灼燒著他的心。而當時的白尚熙卻是被淹沒在深水之中，自顧不暇的他沒能被徐翰烈的火花所點燃。儘管如此，那未熄滅的餘燼趁著他內心乾涸的空檔，如野林大火般飛速蔓延，將他吞噬。他是不可能躲得掉，也不可能擺脫得了。

白尚熙沉緬在過往的感概之中，姜室長悄悄靠過來提醒：

「建梧啊，我們差不多該走了。」

「啊，好的，前輩那我先告辭了。」

「嗯，下次再見囉，見到徐代表的話，幫我跟他問聲好。」

白尚熙有禮地道別之後，拿起餐盤從座位上起身。即使取來的食物他只吃了一半，身體卻一點都不覺得空虛。

+

白尚熙進到代表辦公室，習慣性地環顧了下內部空間。之前雖然也來過幾次，但不知為什麼，每次來都有一種陌生的感覺。其實這裡的書桌和沙發、大型擺飾，甚至那百葉窗都是徐翰烈以前用過的。不同於以往，現在來代表辦公室，感覺像是來完成一項拖延的任務。白尚熙淡漠的目光掃過刻著「代表洪信雨」的那塊名牌。

站在窗邊講電話的洪代表回頭看了下白尚熙和姜室長，然後舉起手指請他們稍等，眼神則是瞥向了沙發。兩人於是默默走到沙發處坐下。

「是的，本部長，我了解您的意思，我會按照您的吩咐去處理，應該不會有什麼太大的問題。好的，再見。」

聽到他稱呼對方為「本部長」，細細地環視著辦公室的白尚熙再次朝洪代表看去。光憑一聲本部長的稱呼，無法保證他的通話對象就一定是徐翰烈，但白尚熙還是猜測對方應該就是徐翰烈。如果是他打來的話，不知道是為了什麼事。

「池建梧先生，我們很久沒見面了喔？是不是太忙的關係，看你都不來公司。」

洪代表隨即走過來坐在沙發上。他看起來儀表堂堂，講話聲音宏亮，臉上始終掛著開朗的笑容，掩蓋了他犀利的形象。據聞他曾在專業的投資公司工作，很早就嗅到韓流文化產業發展的可能性，透過大膽吸引投資商，賺取了極大的利潤。也許正因如此，比起娛樂經紀公司的管理者，他看起來更像是一名企業家。

「你剛剛是從《人鬼》的拍攝現場過來的嗎？咦，還是你今天拍的是《以眼還眼》那一部？」

「哦，《以眼還眼》那部是拍到凌晨，結束後馬上又到《人鬼》的攝影棚把今天的戲份拍完了。」

姜室長出面代為回答。洪代表「哎唷」了一聲，很誇張地嘆了口氣。但他臉上特有的那股笑意仍未散去。

「看來根本無法好好休息嘛。雖然很感謝你這麼賣力地工作，但實在也很擔心你這樣下去，哪天會不會因為過勞而倒下。」

「啊哈哈……」

「真的這麼擔心我的話，應該就不會繼續幫我安排這麼多工作了吧？」

聞言，原本笑得有些尷尬的姜室長一臉慌張地看向白尚熙。白尚熙雖然保持著微笑，剛才那番話怎麼聽都不像是單純在說笑，帶著戲謔的雙眼裡也透露出一絲絲微妙的敵意。

幸好洪代表笑了笑，不見任何不悅的跡象。

「嗯，我知道池建梧先生有多辛苦，假如情況允許，我們當然也很希望能讓自家藝人輕鬆愉快地工作啊。問題在於，現在的行程是池建梧先生暫停活動前就已經簽訂的合約。《以眼還眼》也是池建梧先生自己先說要演，公司才接了這部作品。我們能幫得上忙的，就只有像現在這樣，當一下出氣筒而已，真的是令人感到遺憾呢。」

洪代表的語調非常寬容大度，這段話卻在告訴白尚熙說，反正也無法回頭了，你就好好撐下去吧。白尚熙好像知道徐翰烈為什麼會讓他坐上公司代表的位子了。他微微露出一個苦笑來，忍不住搖頭。

姜室長在桌子底下偷偷碰了下白尚熙的腳，兩人視線於是交會。姜室長光是嘴型動來動去，追問著他何必要這樣。

其實他沒有理由要對洪代表起防心，也沒有對他懷著什麼特別的惡意。只不過，這個人是把白尚熙自己從徐翰烈身邊分隔開來的手段之一，所以他覺得非常礙眼而已。

況且，洪代表也沒有憨厚遲鈍到連這種遺憾心情都察覺不出來。

「不過，池建梧先生好像一直對我有點意見，不曉得是不是我做錯了什麼事情？」

「沒那回事。」

「沒有嗎？」

洪代表眉毛故意挑得很高，做出一個驚訝的表情。接著又馬上嘻嘻哈哈開起了玩笑：

「我們初次見面的時候，我記得你連跟我握手都不願意？還突然質問我說你是誰、你為什麼會在這裡，我那時還想說，會不會是因為我長得很像池建梧先生的仇人哪。」

「真要說的話，應該不是仇人……」

姜室長沒事突然乾咳了起來，不讓白尚熙把話說完。隨後又拿行程當藉口來改變對話內容的走向。

「洪代表，打斷你們談話真不好意思，但我們接下來還有別的工作……」

「嗯？今天的行程不是都結束了嗎？我就是看有空檔才想說找你們進公司，順便見面聊一聊的。」

「啊，是建梧的個人行程，他已經跟人有約了。」

「這樣啊？那也沒辦法，就直接進入正題吧。今天找兩位過來，是想給你們看看這部作品。」

洪代表拿出了某個劇本。姜室長臉上則是浮現出困惑之意。最近忙成這樣，別說是出演新作品了，連考慮接演續集的時間都沒有。洪代表不可能不知道這件事情。

「這是……新片？」

「是的，總之先看過再說吧。」

白尚熙和姜室長的目光一致落在那劇本上，率先進入眼中的是片名《Spotlight》，下面也寫著導演的名字。姜室長一看，猛然摀住自己嘴巴。

「兩位應該都知道金儀貞導演吧？」

事實上，只要是韓國人，應該幾乎都有聽過「金儀貞」這個大名。她的作品時常受邀參加海外各大電影節，得獎作品列表一長串多到看不完。尤其是前年《新址》不但橫掃國內的電影獎，連在海外據說偏保守的電影節和頒獎典禮上，都獲得了最高獎項，成為人們熱烈討論的話題。她用帶著愛的視線，觀照在社會不合理制度下徬徨失依的那些人，並且用詼諧的手法表現出來，是一位才華卓越的導演。金儀貞受到所有電影人的尊敬，甚至連外國的知名演員也不時提到她的名字，表示希望能和她合作。

所以這就很可疑了，如此大咖的導演，她的新片劇本怎麼會出現在白尚熙面前。

「製作公司表示，他們正在尋找適合這部作品的新鮮面孔，所以直接把劇本發給包括我們公司在內的幾家經紀公司，似乎是想請我們推薦合適的演員給他們。雖然說是推薦，但其實等同於非公開試鏡。不管結果如何，總之過程還是得公正對吧？」

「喔……這樣的話是不是應該要推薦新人？」

「嗯……但這部片對演技的水準要求滿嚴格的，而且收到劇本的公司據說也沒幾間，他們只跟少數幾家經紀公司接洽。難道，你覺得他們發劇本過來，是想要找我們公司的新人接演嗎？我看他們反倒是在委婉地邀請我們去參加試鏡呢。從來不曾嘗試過喜劇類型的演員只要挑戰稍微搞笑的表演，應該就頗能讓人耳目一新吧？」

洪代表用下巴往白尚熙那邊指了指，咧嘴一笑。姜室長為難地在劇本和白尚熙之間來回瞧著。順利的話，池建梧的名字就能出現在保證熱門的作品當中，選角祕辛也會如佳話般廣為流傳。

但是也要考慮到相反的情況才行。讓有資歷的演員像個新人一樣去參加試鏡，本身就是一件傷人自尊的事。萬一試鏡沒過的話，還會傷及演員聲譽和喪失自信。假如成為參與試鏡的競爭者之一，也無法排除隨時有可能會被拿出來當作宣傳手段的可能。

像白尚熙這樣各方邀約不斷的演員，實在沒有必要執著於這部作品。反正他現在也擠不出多餘精力在這上面，更何況，大部分的冒險嘗試都伴隨著高風險，誰也不敢保證會成功，得出結果前的過程也總是充滿了苦辣酸甜，不會一路順遂。選擇這條路走的必要性何在？

白尚熙愣愣地盯著放在他面前的劇本看了好半晌。心跳搏動聲在他耳中嗡嗡亂響，幾乎造成了不適。

✦

徐朱媛沒預先通知便直闖祕書室。獨自留守的李祕書驚慌地從位子上起身，恭恭敬敬向她問好。徐朱媛對於自己的身分、為何出現在這裡、事前是否有預約要和徐翰烈見面這些事一概不透露，只是輪流看了看楊祕書的空位與本部長辦公室緊閉的門，詢問徐翰烈不在座位上的理由。

「徐本部長去哪了？」

「本部長正在和專案小組開會。」

徐朱媛抬起手腕看了下錶，快到下班時間了。徐翰烈應該知道今天是什麼日子，想必不會搞到太晚。

「那我在裡面等他。」

她擅自決定好便一下子打開辦公室的大門。李祕書不禁低聲驚呼，趕緊跟了過去。徐朱媛對她交代：「不必在意我，去做妳的事吧。」說完腳下忽然一頓。本該空無一人的辦公室裡出現了意外的人物，和徐朱媛撞了個正著。正俯瞰著窗外景色的人轉過頭來——是白尚熙。

徐朱媛慢慢變了臉色，肩膀和後背也不自覺直挺。

「哦，原來裡面有客人啊？」

「本部長有吩咐說，要是池先生來了就請他進來裡面等。」

「……知道了，喝的就不用準備了。」

徐朱媛與白尚熙互相直視著對方。她一面關上身後的門，踩著高跟鞋穩步走到沙發，在主位坐下。白尚熙仍是站在窗前，安靜地看著她。徐朱媛往空位撇了個頭，示意他過來坐。白尚熙於是聽從了她的要求。看他動作似乎慢吞吞的，但實際走過來坐下的動作倒是挺迅速。

「聽那位祕書這樣講，你好像經常過來？」

白尚熙沒有直接回答她試探性的提問，只是稍微點了下頭。如此淡漠的反應，沒有要刻意展現禮貌或試圖討好的意思。正因為對象是徐朱媛，白尚熙的此種態度在她眼裡更顯得刺眼。她扯開了一邊的嘴角：

「楊祕書應該有跟你講清楚，叫你不要在外面太過招搖吧？你現在擁有這些難道還不夠嗎？」

徐朱媛酸溜溜直道：「看不出來你這麼貪心。」

說著邊從外套內側口袋裡摸出了香菸盒：

「果然是有其母必有其子啊？」

面對接續而來的指控，白尚熙依舊十分平靜，直視著徐朱媛的目光也堅定不移。徐朱媛挑出一根香菸置於唇縫間，斜著眼上下打量他，過了一會後才拿起打火機點菸。辦公室內一片靜寂，連輕輕吸著濾嘴的聲音都很清晰。

徐朱媛口中吐出濃烈的煙霧，隔著那些白霧注視著白尚熙。儘管將表情隱藏在濃煙之後，她眼中的情緒還是被赤裸地讀了出來。那裡面寫著譏諷，或是放在心中已久的積怨。

「我讓你留在翰烈身邊沒有什麼其他的理由，只是因為不這麼做的話，他就一副不想再活下去的樣子。」

白尚熙在嗆人的煙霧中眼睛仍是一下也不眨，面對連續的非難也不為所動。他對這一切表現出的超然態度讓徐朱媛沒來由地感到火冒三丈。

「我都願意睜一隻眼閉一隻眼了，你至少也表現一下最起碼該有的誠意吧？他承受這麼多外界的關注，壓力已經很大了，你就非得要這樣秀恩愛不可？都不知道人家在背後是怎麼說你們的是不是？你現在不想要失去的東西應該也不少吧？」

白尚熙這回依然沒有答話，只是一聲不吭地聽著徐朱媛叨念著。看他雙眼還很有神的樣子，似乎也不是沒在聽。徐朱媛被他毫無反應的態度搞得鬱悶不已，嘴角明顯向上扭曲。她感覺自己就像是在對著一面牆說話，忍不住激動了起來。

「如今爺爺也過世了，沒有人能再為翰烈遮風擋雨，他現在是四面楚歌的狀態。本來就因為身上的病被人逮住把柄了，如果這時再爆出奇怪的醜聞，你說他會落得怎樣的下場？你或許以為現在所有事情好像都朝著有益於你的方向在發展，所以自我感覺很良好，我告訴你，池建梧你的存在對翰烈來說就是個污點，是他人生當中不能被發現的一項瑕疵。你有聽懂我的意思嗎？」

白尚熙忽然俯身向前。不曉得是不是幻覺，感覺周遭的空氣隨之浮動。徐朱媛本能地擺出警戒姿態，盯緊了白尚熙的舉動。然而白尚熙只是雙手寬鬆交握，陷入了某種思緒中。剛才那些教訓的話起作用了嗎？徐朱媛不是很確定。

她決定要先把醜話說在前。

「所以，但凡你有那麼一點為翰烈著想的心，就給我安安分分地待著，不要肖想那些有的沒的。我從以前就說過很多次了，不管是什麼，我會除掉所有可能危害到他的東西。所以你要注意你的言行舉止，這樣我們彼此才能避免那種情況發生。」

「說完了嗎？」

白尚熙忽然間開口，不帶高低起伏的平淡語調讓人無從得知他的情緒。「什麼？」沒想到他會頂嘴的徐朱媛反問道。

「我是在問您，想說的話是不是都說完了。」

白尚熙終於抬起頭來看著她的眼，漠然的眼神令人讀不出他的想法。

「我明白徐會長的意思了……」

他慢速點著頭說道。徐朱媛不由得懷疑他是否真的有聽懂，可能是因為他表現出的態度意外地鄭重其事，卻又不知從哪裡散發出一種吊兒郎當的味道。

白尚熙沒有一絲閃躲地直視著徐朱媛的雙眼，接著開口：

「我會試著努力看看，但沒辦法保證做到就是了。」

「我說，池建梧先生，你大概是搞錯我的意思了，你看我現在像是在拜託你嗎？」

「不就是警告或威脅……那類的東西嘛。其實我也不想被翰烈在乎的少數幾個人討厭。」

徐朱媛歪頭露出疑惑的神情，眉間也擠出了皺紋來。她完全不知道白尚熙在說些什麼。

「但是我更不想做他不喜歡的事。」

後面補充的這句話，使得這段談話更是得不出一個清楚的結論。所以他到底是明白還是不明白啊？

白尚熙看著徐朱媛，像是在問她是否還有別的話要說。平靜無波的目光裡找不到一點反抗或敵意。看來似乎也沒有要用假意奉承或空口說白話來逃避眼前的局面。

「呵！」徐朱媛無言以對。雖然從以前就或多或少有感覺到，白尚熙好像具有某種能力，可以在無形之中削弱對方的力量。應該說，甚至能夠削減對方的戰鬥意志？

門外這時突然一陣嘈雜，隱約可以聽到徐翰烈的聲音。沒多久門就開了，白尚熙和徐朱媛的視線同時朝門口看過去。方才還在對視的兩個人眼中都有著尚未斂去的鋒利感。徐翰烈因這幅意外的景象稍稍一頓，很快便笑嘻嘻地關上門。

「怎麼回事，兩位看起來很融洽嘛，是背著我在聯絡姊弟感情嗎？」

被徐翰烈消遣，徐朱媛不高興地瞥他一眼，隨後視線便移到了白尚熙身上。她沒多說什麼，只是一邊捻熄手上的菸，一邊定定注視著白尚熙。似乎是在無聲地叮嚀說剛才的對話內容別讓徐翰烈知道。

白尚熙稍微歪了下頭，馬上起身走到窗邊去開窗換氣。徐翰烈則是一臉欣慰地看著他。徐朱媛實在看不慣他們這副模樣，忍不住咂嘴。

「徐會長有何貴幹呢？」

「今天打算要提早回家的，想到你有可能不記得今天是什麼日子，所以過來找你。」

「我怎麼可能忘記。」

「你確定？」

徐朱媛不悅地看著重新回到位子上的白尚熙。徐翰烈用眼神在詢問白尚熙發生什麼事，白尚熙輕揚眉毛，還聳聳肩裝作不知情。即便徐朱媛沒交代他不要亂講，和徐朱媛之間有過的對話他幾乎都是絕口不提。不知道他是不是因為「不想被翰烈在乎的人討厭」才會這麼做。

「我記得啊，今天是奶奶的忌日。反正活著的人，對死去的人就是特別照顧。這個世界上到底有沒有鬼也不曉得啊。」

「你以為你是自己從天上掉下來的？沒有祖先怎麼會有我們。托他們的福，我們現在才能過著不愁吃穿的生活。就算沒辦法時常想到他們，久久一次還是要表達一下我們的感念之情才行啊。一年也才幾次而已。」

徐朱媛指責完不懂事的弟弟後，再次轉頭看著白尚熙：

「既然如此，那池建梧先生就可以回去了吧？嗯？」

她還催促道：

「這是我們的家務事。」

白尚熙沒出聲地看著徐翰烈，徐翰烈也只能無奈地聳了聳肩。

「沒辦法，就叫你來之前先聯絡一聲的嘛。」

只見徐翰烈伸出手揉了揉白尚熙耳朵，還用親暱的語氣責怪他。白尚熙抓下他的手，在那光滑的手背上無聲印下一吻。兩個人在徐朱媛面前也毫不避諱，仍舊大大方方做出親密的肉麻舉動。徐朱媛一副心氣不順的模樣，咧起單側嘴角背過了身去。

「你先回家等我，我看怎樣再跟你聯絡。」

畢竟是徐家的家庭活動，白尚熙沒立場堅持什麼，遂從善如流點點頭，從座位上站起身。他對眼神充滿不爽的徐朱媛鞠了個躬，隨後便離開了辦公室。直到門關上為止，徐朱媛和徐翰烈的視線都牢牢追隨著他的身影。

「看了就討厭。」

「妳有什麼是不討厭的？」

「怎麼能那樣一點反應都沒有啊？跟屍體對話都還比他強。明明什麼咖都不是，為什麼個性還倔強成那樣？」

「我說過啦，他可不是好對付的傢伙。從他以前還一無所有的時候就是那副樣子了。不然妳以為我為什麼需要耗費足足十年的時間？」

「那是該炫耀的事嗎？」

徐翰烈微笑著將頭偏向了一邊。臉上的笑容竟顯得有些輕鬆有些開心。

「徐會長如果可以的話也對他好一點啦，妳再怎麼看他不順眼，以後也還是會一直見到他啊。」

「這種話你也好意思對我講？」

跟徐翰烈抬槓到一半，徐朱媛突然想起白尚熙說自己不想被討厭的那句話。明明聽起來也沒多慎重，不是那麼殷切盼望或可憐的感覺，但很奇怪地，那句話卻縈繞在她心頭。尤其他對於別人的青睞或批評看起來又是極度的漠不關心，更使人在意他那句發言。莫非這也算是他的手段之一？

「……嘖，是怕人家不知道他招數很多嗎？」

徐朱媛恨恨地嘀咕著，馬上被徐翰烈問她是在說什麼。儘管她搖頭否認說沒事，徐翰烈還是一直用可疑的眼神盯著她。

「這麼想知道的話，就直接去問當事人啊。」

「如果問得出來就好了，他口風超緊的。」

「那先生你就別管這件事了。走吧，要遲到了。」

徐朱媛飛快地起身走出了辦公室。徐翰烈沒有辦法，只能跟了上去。

「回來了啊。」

他們一抵達徐家大宅，姑姑便出來迎接。徐朱媛回她說：「您來得真早。」如往常般地走進屋裡。姑姑的子女們正癱坐在沙發上，簡單地用眼神或抬手向來人打招呼。見他們一臉無聊的樣子，大概又是被姑姑強行拖來的。而徐朱媛和徐翰烈的父親，想當然耳，依舊是不見人影。

出人意表的是，徐宗烈這次竟然有出席。卻沒有看到總是和他出雙入對的妻子。徐宗烈正站在窗邊講著電話，瞥到徐朱媛和徐翰烈出現，立刻嘻嘻哈哈地朝屋子裡面走去。徐朱媛怒瞪著他的後腦杓：

「他是來幹嘛的？」

「我也不曉得，應該又是他爸爸說家庭活動不能缺席，硬逼著他參加的吧。那個人總是在一些奇怪的事情上特別執著不是嘛。」

「既然這樣他幹嘛不本人自己來？」

「來了，然後呢？他有辦法插得上話嗎？來了也沒有人要把他當長輩，都長到那個歲數了，他應該也不想還來遭受羞辱。」

姑姑要她別在意地擺了擺手，然後帶頭走向廚房，邀他們先吃飯再說。

「我去換個衣服就出來。」

「我去一下廁所。」

徐朱媛和徐翰烈都說要暫時離開，上樓回到各自的房間。背後傳來姑姑跑去催她孩子們的聲音。

徐翰烈回房簡單準備一下就下樓到餐廳去了。十人用的餐桌上擺滿了食物，幾乎找不到多餘的空間。假使說這不是忌日祭祀，而是在擺設宴席，別人肯定也不會懷疑。

坐在餐桌主位的人是姑姑。最靠近她的兩個位子空了下來，一側坐的是她的孩子們，對面坐的則是徐宗烈。徐翰烈若無其事地走到等同於他專屬的位子入座。從祖父還在世的時候，主位左邊的第一個位子就一直被他所占據。看他坐下，姑姑隨即把好幾道菜拉到他面前，特別問候他：

「我們翰烈氣色好了很多耶，現在真的都沒事了嗎？」

「是的，如您所見。」

「現在就回到公司上班不會太早了嗎？我實在很擔心你太過勉強會傷到身體呢。」

「姑姑也真是的，就上個班而已哪有什麼好勉強的。」

「你這孩子，聽說最近每天晚上都在加班不是嗎？」

「您這又是從哪裡聽來的，不是整天都待在美術館裡，怎麼消息還這麼靈通。」

「姪子姪女就你們幾個，我這不是擔心你們會出什麼事嘛。畢竟這個家裡的大人就只剩下我了嘛。」

這句話很顯然是不把徐翰烈和徐宗烈的父親們放在眼裡。徐宗烈聞言後發出「哈」

的一聲乾笑。他忿恨地瞪了姑姑一眼，毫不顧忌地表露出厭惡之意。姑姑則是一點也不放在心上，目光始終固定在徐翰烈身上。

「你也別這麼逞強，太吃力的話就放下工作再多休養一陣子。只知道埋頭苦幹是很愚蠢的，那樣一點都不聰明。別忘了，家人們就是在有需要的時候能夠互相幫助。」

真正的用意總是在最後才會出現，姑姑真正想說的話就只有最後一句而已。難怪費盡千辛萬苦也要把她的孩子們給拖來。

「再怎麼辛苦，也不能把自己的公司交到外人手上吧？」

徐翰烈笑著劃清了界線。姑姑大吃一驚，直道：「我們是家人怎麼會是外人。」

徐朱媛這時換好衣服下了樓。她無視著旁邊的空位，默不作聲地站在姑姑身後。圍坐在餐桌旁的所有人都把視線投向她。姑姑疑惑地回頭一看，接觸到徐朱媛目光的她馬上尷尬笑著讓出了位子。徐朱媛也絲毫不猶豫地坐上了大位。

兩人在祖父生前還有個叫做「白盈嬅」的共同敵人，那時理所當然要站在同一陣線，可是如今情況已大不相同。徐朱媛毫無疑問地成為了日迅的主人，姑姑仍只是個流放邊疆的角色。公開祖父遺囑時姑姑就曾傷心質疑：「女兒難道就不是親生的嗎？」繼承了包含美術館在內的基金會似乎對她來說還不滿足。按照祖父的意思，姑姑的孩子們完全被排除在經營大權之外，她會感到難過也是情有可原。當然了，就算再難過，遺產分配的事情也都已結束，再怎麼怨嘆也改變不了什麼。

「吃飯吧。」

徐朱媛拿起了湯匙平撫這尷尬的氣氛，所有人這才恢復了剛才吃到一半暫停的動作。好一段時間，廚房飯廳內只聽得見餐具偶爾碰撞發出的聲音。這一回仍然是姑姑選擇打破沉默。

「話說回來，我真是不懂你們的父親怎麼可以這麼無情，自己媽媽的忌日一次都沒回來拜過。」

徐朱媛和徐翰烈姊弟倆不在場的父親忽然成為了箭靶。這是每次家裡有聚會活動時絕對會上演的老舊戲碼，所以根本沒有人在意，大家都任由它左耳進右耳出。姑姑也是不理會眾人的反應，繼續抱怨個沒完。

「反正吼，我媽媽就是很可憐啦。獨自一人嘗盡苦頭，卻連個女主人應有的待遇都沒得到就走了，她真的是被別人占光了便宜！先生木訥寡言只知道要工作，唯一的兒子長期在外面遊蕩，好不容易娶進門的媳婦卻反過來要她照料。還不只這樣，晚年甚至還被一個不三不四的女人闖進她的地盤。」

能夠一口氣得罪好幾個人也算是種特殊才能了。徐朱媛和徐宗烈同時臉色一僵。表親們也散發著強烈的不耐煩情緒，大口嘆氣。唯獨徐翰烈一個人笑咪咪地回嘴：

「姑姑也真是的。奶奶要是可憐的話，我看天底下就沒有人是不可憐的了。」

「哎呀，翰烈啊，在你眼裡看起來或許是這樣沒錯，但那是因為你還年輕，懂得還不夠多。」

「我哪有不懂，我們家奶奶不是大家公認的潮女嗎？」

「潮女？」

表親的其中一人用厭煩的神色解釋說：「就是時尚達人，很會穿衣服的那種。」徐翰烈順勢接過話來：

「奶奶本來就在有錢人家出生長大，聽說從曾祖母那一輩就已經是位新女性了，當時甚至還出國留學不是嗎？可以在社交界自由地戀愛，過足了享樂的生活，妳說奶奶這樣的人生也叫可憐？」

故意歪著頭的徐翰烈又哈哈笑了起來：

「這樣看來，血緣騙不了人的這句話確實是沒說錯。」

姑姑用不高興的表情責怪道：

「今天畢竟是你奶奶的忌日，怎麼可以這樣侮辱已故之人？」

「我哪有侮辱奶奶，我是說她這樣很酷好嘛？我對我們家奶奶可尊敬了。」

徐翰烈繼續笑著，下巴指了指姑姑碗中沒有減少的食物：

「所以姑姑就別再發脾氣，趕快吃飯吧。我們家奶奶等了這麼久，肚子都要餓了。」

姑姑聽了勉強吃了一口。但沒過多久，她又換了個話題繼續聊。

「說到這個，翰烈你也已經三十歲了，差不多也該結婚了吧？」

「怎麼每次看到我就急著要讓我娶老婆啊，姑姑真的開啟婚友社事業了？」

「爸爸在世時的願望就是讓翰烈你成家立業，有個安穩的家庭，結果都還沒看到就那樣走了，他該有多遺憾啊。」

「安穩的家庭……結了婚的話是什麼會變安穩？股價嗎？」

徐翰烈裝傻，諷刺反問的同時一邊放下筷子。他的飯連四分之一都吃不到。徐朱媛默默抬起眼眸看著姑姑和徐翰烈兩人對話。

「是有什麼合適的對象嗎？」

「只要聽到對象是你，大家都嘛搶著排隊。『是日迅家的長子』、『一定一表人材』，哪有理由好拒絕啊。」

「怎麼可能，全國上下應該都知道我是個短命鬼吧？」

徐翰烈一點也不忌諱地揶揄，嘴角斜斜翹起。姑姑露出說錯話的表情，訕訕閉上了嘴。徐宗烈則是不客氣地咧嘴笑了起來。徐朱媛冷冷睨了徐宗烈一眼，出聲制止弟弟：

「徐翰烈。」

「怎麼了，我沒說錯啊，既然我的病是媽媽遺傳給我的，表示遺傳給下一代的可能性也很高，這樣誰還會想跟我結婚？」

「都已經恢復健康了還有什麼問題？現在醫療技術都進步那麼多了。」

「最進步的醫療技術充其量也就這種程度而已喔？」

「你別這樣子，聽我說嘛。你知道閔義葉議員吧？那位倍受矚目的下一屆總統候選人。他們家也在說可以安排個見面的機會，暗示說想談婚事。」

「是他們家的兒子，還是女兒？」

徐宗烈冷不防地插嘴。徐朱媛冰冷的目光一下子朝他射了過去。一頭霧水的姑姑皺著眉頭反問：

「怎麼會問這種問題？」

徐宗烈惡劣嘻笑，一邊上下打量著徐翰烈。

「誰知道呢，興許他們那邊也有一個口味特別變態、有著難言之隱的兒子也說不定呢。只要能符合兩邊需求，大家各取所需，這反而是對我們有利的一筆交易。畢竟兩個帶把的也生不出孩子，根本就不用擔心遺傳疾病的問題。」

「你現在胡說八道的是在開玩笑嗎？」

姑姑明顯露出嫌惡的神色，斥責說：「一點都不好笑。」徐宗烈儘管受到了充滿嫌棄的譴責，還是繼續維持著嘻皮笑臉的態度。

「我也是有聽到一些風聲才這麼說的，聽說有人喜歡的是男人。」

「什麼?你在說誰啊？」

「就是啊，到底是誰咧？」

徐宗烈始終笑嘻嘻地用意味深長的眼神望著徐翰烈。徐朱媛已經忍不住握緊了拳頭，然而當事人卻根本無動於衷，只當作有人在胡言亂語似的一笑置之。在那之後，徐翰烈忽然開口，問起徐宗烈不在場的妻子近況。

「你和嫂子怎麼樣了？兩位的關係還是形同陌路嗎？」

徐宗烈聽了沒什麼感覺，反而還要徐翰烈盡量放馬過來一般，態度變得更加張狂。

徐宗烈是在被接納為徐家的一分子之前結的婚，自從他改名為徐宗烈之後，便不斷地向自己的妻子提出離婚的要求。之所以到現在都未能如願，是因為導致離婚的問題總是出在他身上，而且祖父也反對他離婚，要他別在家裡製造無謂的紛亂。

不過，最近傳出徐宗烈再次進入離婚調解程序的消息。恐怕無法輕易達成協議的這對夫妻即將展開一場漫長的訴訟。而這場婚姻，最終應該還是會整頓成徐宗烈想要的模樣，畢竟在法律糾紛當中，擁有財富和權力的人往往具備優勢。徐宗烈的妻子可能會屈服於金錢的強大威力，選擇成為一個破壞家庭和平的無恥女人。

當然，這必須是在她完全孤立無援的前提之下，才有可能成立。

「聽說你準備要離婚了？」

徐宗烈的表情因徐翰烈輕輕拋出的一句話而略微扭曲。他雖然笑臉依舊，但目漏精光的雙眼卻為了查探徐翰烈的意圖而慌忙轉動著。

「天要下紅雨啊，你竟然會關心起我家的事情來。不是都說，人若反常，不是什麼好兆頭嗎？」

「離婚的話不就完全變成陌生人，以後就再也見不到面了。我在想，是不是該找個時間請嫂子喝杯茶，畢竟，做人還是要講情理的。」

「你是想搞什麼鬼？」

「別說是丈夫了，一個連基本做人都有問題的男人，我們嫂子竟然就這樣忍受了二十年。別的不說，至少離婚財產分配時不能虧待人家吧。家人就是要在彼此有難的時候伸出援手互相幫忙嘛，你說是不是？」

徐宗烈被激得動了怒氣，本欲反駁，最後只是咬唇忍了下來。財閥們寧可在內部激烈爭鬥，也說什麼都不肯讓自家的財富和權勢落入外人手中。

但是對徐翰烈來說，徐宗烈是比外人還要不如的存在。就算徐宗烈分一半財產給嫂子，他也不覺得是肥水流落外人田。反正對他來說都是一樣的，完全沒有必要為了捍衛經營權去保護或幫助徐宗烈。身為一名競爭對手，促使徐宗烈走向衰敗，對他來講反而更是有利。

徐翰烈向氣憤的徐宗烈提出明確的勸戒：

「宗烈啊，攻擊別人前，先回頭看看自己有沒有什麼地方該檢討的吧。」

酸味十足的當頭棒喝讓在場的表親們遮著嘴笑了起來。漲紅臉的徐宗烈猛力往餐桌「砰」的一拍，隨即離開了屋子。誰也沒有出面攔阻。徐朱媛像什麼事都沒發生一樣，繼續吃著她的飯。姑姑也只是狠狠咂嘴，碎念說私生子的血統就是藏不住本性。

一直等到深夜才開始進行簡單的祭祀。但徐家人也不過就是在幫傭們把祭拜的食物全部準備好後，站在桌前行個大禮就結束了。

平常姑姑總是趕在屋內染上線香的味道前，要他們趕緊收拾，這次卻忽然喊了聲「等等」，然後舉起手機連續拍了好幾張祭祀桌的照片。

「這是在做什麼？」

「她又要上傳到社群帳號上了。」

姑姑的其中一個孩子很受不了地抱怨道。這麼說起來，最近姑姑的社群帳號似乎受到許多關注。她不過是拍下自己的生活日常傳到網路上而已，就已經足夠引起討論話題，只因為那是許多人夢想中的上流階級生活。從她去過的餐廳和咖啡廳、她的包包和衣服，甚至到她新買的浴缸，都有一大堆人感興趣。聽說其中某些商品還出現缺貨的現象。

「生活風格的模範人物，就是要活出年輕感嘛。」

「姑姑還是這麼活力充沛。」

「別站在那裡，翰烈，你過來這邊跟姑姑照張相吧，一張就好。」

「吼，為什麼要找我，我不拍。」

徐翰烈立刻揮手拒絕。姑姑撇了撇嘴，馬上提出別的方案。

「不然你追蹤我吧。你自從和白部長的兒子出了新聞之後，粉絲追蹤人數不是增加很多嗎？讓我趁這機會沾沾姪子的光。」

「我早就忘記那個帳號的密碼了。」

笑著回答完，徐翰烈從位子上迅速起身。他丟下一句：「我先走了。」便走出徐宅，徐朱媛忍不住跟著追了出去。

「你要走了？」

「當然，不然呢？我們尚熙還在等我回去呢。」

徐朱媛毫不意外地被徐翰烈惱人的話給激怒。

「你是故意的吧？」

「唯一的寶貝弟弟和交往對象相親相愛在一起，就那麼讓妳看不順眼？我只是想讓妳多加習慣。」

「你打算繼續和他住在一起？」

「有在考慮。」

模稜兩可的態度，讓徐朱媛臉色完全暗了下來。「又怎麼了？」徐翰烈問，徐朱媛動作僵硬地兩手抱胸質問道：

「你就是因為他，所以對結婚沒興趣、不想結婚是不是？」

「我做完手術才多久，大家就開始忙著催婚了？妳是跟人家簽了合約要把我賣去哪裡嗎？」

「什麼叫賣去哪裡？」

「不就是同樣意思嗎？財閥的婚姻是用結婚登記申請書來代替合約書的一種勢力合併行為，這算是眾所周知的事情吧？」

徐翰烈的笑意未達眼底。「而且，」他繼而往徐朱媛的痛處踩：

「上頭要先以身作則，下面的人才會願意跟著仿效。徐會長自己明明是不婚主義者，卻跟我提結婚的事是怎樣。我們做人不能越來越厚臉皮嘛，姊。」

雖然嘴巴上對她冷嘲熱諷，但徐翰烈其實知道徐朱媛至今不嫁人的理由。倘若她已婚的話，祖父是絕不可能把日迅交給她負責的。

徐朱媛大動作地把頭髮向後耙開，深吸了一口氣。只見她的情緒很快恢復鎮定，平靜地勸著徐翰烈：

「我不是要你真的去跟誰談戀愛，我是要你理性地分析說，透過一場婚姻，雙方能夠換來哪些利益，結婚就只是個形式而已。你既然是名企業家，就該拿出一點企業家的樣子來。」

「也太不知足了吧，到底是還想過上多了不起的生活？」

「你要一直這樣裝傻到什麼時候？我現在說這些，怎麼可能是單純為了錢。你也知道，這個社會還是很保守的，更別提那些股東了。一個到了適婚年齡的經營者卻遲遲不結婚，看起來也沒有要結婚的意思，你難道不曉得會被人家怎麼說嗎？大家都會認為你的病很嚴重，或是有什麼無法結婚的重大缺陷。不管是哪一種，最後都註定會成為你的弱點。」

怎麼會不曉得呢，這些都是徐朱媛一路走來所經歷過的。股東們不喜歡未婚的她成為公司的核心人物，擔心她要是突然結婚會帶來新的勢力，造成公司經營權的混亂，這一點讓他們無法放心。等到徐朱媛推掉了數不清的婚事，年紀邁入四十歲大關後，人們又開始挑她毛病，說她是不是身體或哪裡有什麼嚴重的問題。

徐翰烈身上的病，隨時可能導致公司經營管理出現缺口，再加上這是很有可能遺傳的疾病，光是這一點，就讓他在公司的地位極為不穩。更何況，白尚熙的存在及徐宗烈知曉兩人關係的事實，這些都是可能構成風險的因素。假如以後爆出相關醜聞，白尚熙本身的話題性會火上澆油地讓火勢無法控制地蔓延。就算這是私生活範疇的問題，這樣的醜聞已經足以讓股東們失去信任。

徐朱媛似乎是希望徐翰烈能透過形式上的聯姻，取得妻子家人的大力支援，好作為他堅實的後盾，至於利益交換的部分則是次要問題。她只是想讓徐翰烈意識到自身處境的現實面，徐翰烈卻對她這種做法漸漸感到不滿，內心開始陷入扭曲。

「……什麼嘛，原來姑姑不是一個人在自嗨，已經和徐會長討論這件事情討論到某個階段了是吧?既然如此，不用扯東扯西鋪陳那麼久，直接坦白說想和政界有權有勢的人結為親家不就好了？」

「什麼？」

「我還以為徐會長完完全全是在為我著想，差點就被騙了呢。」

「徐翰烈，你為什麼又要這樣曲解我的本意……」

「這麼想要的話，徐會長自己上場啊。現在妳想要的一切都已經到手，爺爺也不在了，妳總算可以隨心所欲了不是?誰曉得呢，搞不好就像宗烈說的，妳可能對女人比較感興趣也不一定？」

面對持續的酸諷，徐朱媛深深吸了口氣。儘管她相當煩悶也沒有輕易地發火，而是默默控制自己的情緒。唯有在面對徐翰烈時，她才有這樣的耐心。要不是徐翰烈和媽媽簡直是一個模子印出來的，她也不會總是對他如此心軟。

「要我說幾次你才會懂?結婚只不過是一個擋箭牌，結了婚之後，就算冒出什麼奇怪的傳聞也只會被當成是空穴來風。你為什麼放著好好的、舒服的路不走，偏要走回頭路呢？」

「總不能為了自己舒服，就背叛自己的交往對象吧？」

「你是真的腦袋裡只有他嗎?就這麼不會想?說白了，他現在手上擁有的東西也不少了，他應該也不想失去那些東西吧？」

「……妳又來了。他哪會失去什麼，我才不會讓他放棄任何東西。」

徐朱媛被他氣得說不出話來。即使她氣急敗壞地瞪著徐翰烈，徐翰烈也無半點收斂之意，反而更明確地將自己的意思表達清楚：

「我還能夠活多久？一路咬牙苦撐，好不容易才撐到現在的。我這麼努力也想要得到的，從以前到現在就只有他一個。其他的都只是為了達成目的的一種手段而已。我並不想白白浪費時間在沒意義的地方，所以妳也別再抱有不切實際的期待了。」

聞言，徐朱媛臉色沉了下來，眼神也頓時變凌厲。

「只要是有可能傷害到我們的東西，我會通通除掉，不會手下留情的。」

「妳以為我會眼睜睜看著這種事情發生？」

徐翰烈低聲撂下一句便轉過身，任憑徐朱媛在背後怎麼喊他，他也沒有停下憤怒的腳步。不管是剛才吃飯時還是現在，他都被這些人刺激得焦慮不已。

徐翰烈一走出大門，在車內待命的楊祕書立刻下車朝他彎腰頷首。徐翰烈不等他靠近，自己一把打開後座車門坐了進去。楊祕書沒有辦法，只能輕聲為他關上門再回到駕駛座。他一邊調整著後照鏡一邊觀察徐翰烈的臉色。正在藉由盯著窗外平息心中怒火的徐翰烈，突然間轉過來和他四目相對。

「還不走在幹嘛？」

「有件事需要先跟您報告一下，剛才文成植記者有打電話過來。」

「……誰？」

「以前曾在《The Catch》工作的文成植記者。」

文成植就是把日迅家族和白尚熙之間的關係寫成獨家報導的那位記者。徐翰烈提供他報導這則獨家新聞的機會，條件是他不得揭露白尚熙的過去。在那之後，聽說他好像離開了《The Catch》，開始以個人的身分工作。

當時的報導出來之後，徐翰烈和他便未曾有過聯繫，因為已經沒有再見面的必要。對方還會有什麼事呢？徐翰烈莫名想起剛才憤而離席的徐宗烈。

「他說了什麼？」

「沒特別說什麼，只是跟本部長問好，然後說有機會希望能和您見個面。」

「見面？什麼時候？」

「時間他都能配合，他說他今天也有空。」

莫非是被他抓到了新的把柄？記者們的主動聯絡通常讓人開心不起來，特別是知道什麼事會讓徐翰烈感到為難的更是如此。

「您要和他見面嗎？」

「總得聽聽看他找我是有什麼事啊。鬣狗是不會漫無目的在附近閒晃的。」

他直接用鬣狗來稱呼記者，畢竟兩者在習性上其實並無太大的不同。

楊祕書於是先向徐翰烈報備一聲，然後才撥電話給文成植。回鈴音響了幾次便停了下來，聽到對方「喂」的回覆。楊祕書一個字都還沒說，手機就被徐翰烈給搶了過去。

「我是徐翰烈。」

他報上姓名時的臉色顯得異常冷峻。

✦

車子迅速抵達日迅飯店門口。已經接到通知的VIP服務經理替徐翰烈開了車門，畢恭畢敬地行禮。把車交給泊車人員，徐翰烈跟著經理走了進去。

「已經請貴賓先到房內了。」

「知道了，你去忙你的事吧。」

「咦？不用送您到房間門口嗎……」

「這裡我又不是第一次來，難道我會在這裡面迷路不成？」

徐翰烈語氣不滿地奚落著，進了抵達在眼前的電梯。楊祕書靜靜地尾隨其後。飯店經理隔著關上的電梯門在外面敬禮，表示有需要時請隨時通知他。

等待著電梯升到最高樓的時候，徐翰烈拿出手機看了一下，果然不出所料地收到了白尚熙的訊息。他問徐翰烈吃晚餐了沒、祭祀是不是還沒結束、什麼時候回來等一連串問題。

徐翰烈本來想現在回覆他的，卻又打消了念頭。他怕白尚熙會馬上打電話過來，到時可能就要解釋自己現在在哪裡、為什麼沒有回家而是跑來飯店這些問題。眼前的當務之急是跟文成植見面，確認他的意圖。可以的話，徐翰烈希望白尚熙不要知道文成植的存在，不，是不能讓他知道才對。

徐翰烈把手機通知聲調成了靜音模式。電梯正好到達了總統套房所在的頂樓。他大步流星地穿過長廊來到門前，楊祕書主動拿出房卡試圖開門。瞬間，徐翰烈朝他伸出了手：

「房卡給我，楊祕書請回去吧。」

「不，我送您到裡面去。」

「哎，又不會怎麼樣。對方希望和我單獨見面，而且也還不知道是為了什麼事，就先按照他要求的做吧。」

語畢，徐翰烈又催了催躊躇的楊祕書：「快回去。」

「那我在樓下等您，有什麼事的話要立刻聯絡我。」

「老是把我當成小孩子。」

徐翰烈不悅地攔截了他手上的房卡，自己開門走進房內。他也很久沒到飯店來了，頓時有種奇妙的感覺。

經過玄關的通道來到會客廳，坐在沙發上的文成植隨即站了起來，他點著頭，毫不拘謹地問候徐翰烈：

「哦，好久不見啦。」

瞪大著眼睛觀察對方內心狀態的那種模樣，或是傲慢狂妄的表情，全都令人生厭。似乎在表達著我已經將你看透，想利用這種方式搶占上風。儘管只是一點小技倆，卻足以達到惹人不快的效果。

「是啊。」

徐翰烈高傲地抬著下巴，僅僅回了他兩個字。文成植對他露出不滿的視線絲毫不介懷，只是悠哉地環視著房內，虛情假意地讚嘆：

「這間客房也真的是久違了，今天再看還是覺得有夠豪華奢侈的，和外面完全是兩個不同的世界。這種地方主要都是誰會來住？從國外來的賓客嗎？還是像現在這樣，讓日迅家的人作為私下用途？」

文成植總是充滿試探性的口吻也相當煩人，是徐翰烈會盡可能保持距離的那種類型。讓這種人闖進自己的私人空間或喜歡的場所裡，那種不爽的感覺簡直難以言喻。

即使如此也不得不把文成植叫來這裡，只是為了避人耳目而已。就算是公司旗下飯店，還是不能在公開的場所和他見面。一個是曾獨家報導了重磅消息的記者，一個是透過那篇新聞扭轉形象的文中主角。這兩個人單獨見面的消息要是傳出去了，一點好處都沒有。不但先前報導的真實性會遭受到質疑，更會被懷疑是否花錢買新聞。

「是說記者先生來我們飯店是為了什麼事？」

「噢，如同我在電話中大致提過的，我今天在這邊和一位重要的眼線見面，本來想簡單採訪完就要收工回家，但這裡的空中酒吧聽說非常讚，我已經被推薦過好多次了。」

「是嗎？還真神奇。」

「怎麼說？」

「時間點很神奇。碰巧我今天剛好回家，和宗烈起了一點口角，誰叫他沒事一直招惹我。偏偏您又選在這個時候約我見面……我知道您以前寫到一半被擋下的那篇報導，主要消息來源就是宗烈，所以您說，這時機是不是還真巧妙？」

「所有時間點和情況都恰好完美符合的話，這樣反而不太實際吧。當然您會這樣懷疑也是正常，但我在那之後就沒有再和他聯繫了。我被您用獨家新聞引誘過去之後，他好像認為我是站在您這一邊的，很生我的氣呢。總而言之，我今天真的是獨自小酌一下的時候，忽然想到徐代表，所以才藉著這個機會和您打聲招呼。」

狡猾編織著藉口的文成植做作地驚呼：

「啊，現在應該要稱呼您為本部長才對吧？」

「隨便您怎麼稱呼都行。」

「反正，很快就會變成日迅人壽的代表了，是吧？」

雖然聽出他話中的譏誚意味，徐翰烈只是笑了笑。他走向一旁的迷你吧，才重新開了口：

「是說，原來您喜歡空中酒吧那種氛圍啊。我們初次約見面的地方不是走簡樸路線的嗎？」

「徐代表最近好像也培養出那種隨和親民的愛好了。」

不輸給徐翰烈的暗諷，文成植也反唇相譏。他這番話讓徐翰烈自然聯想到自己和白尚熙約會被拍到的事情。這麼一說，那篇報導也是《The Catch》發布出來的。文成植那時應該已經離開那家公司，所以那篇報導可能與他無關。不過，也無法確定他是否提供了某些情報給他的前同事。

徐翰烈無動於衷，隨口詢問道：

「威士忌？還是紅酒？」

「哎唷，要請我喝一杯嗎？既然威士忌已經喝夠了，現在來杯紅酒好了。」

徐翰烈熟練地拔開紅酒的軟木塞，倒在乾淨的酒杯裡，然後放到文成植面前。這是他特別喜歡的紅酒，所以他也幫自己倒了一杯。他將酒杯舉至鼻下，先是好好享受了下酒香，隨後才抿了一口。感覺沉睡中的味蕾激動地甦醒過來。他轉動著舌頭，充分品嘗香醇酒味，隨後才不捨地嚥了下去。那咕咚的吞嚥聲是前所未有的甜美滿足，若是被保護過頭的白尚熙或楊祕書看見這幅景象，大概會嚇到昏過去。

也跟著喝起紅酒的文成植後知後覺擔憂起來。

「啊，您現在身體沒事了嗎？動了那麼大手術的人，可以這樣隨便飲酒嗎？」

「我們的關係沒有好到擔心這種事的地步吧？」

「您講這種話讓人有點傷心呢，我認爲我們比以前關係親近了不少啊。」

「不行喔，記者和企業家可不能走得太近。」

一劃下界線，文成植便露出耐人尋味的笑。徐翰烈身子倚靠在迷你吧上，慢慢轉著手中酒杯，一雙眼仔細檢視著總是面上帶笑的文成植。儘管表面上打著公平正義的名號，那卑劣下作的眼神卻是難以掩飾。

經過一段時間的僵持，徐翰烈長嘆了口氣，催促文成植：

「我現在有點累的關係，可不可以請您只講重點，直接告訴我您來找我究竟是為了什麼事。」

「哪有什麼重點，就只是剛好在這附近，順便跟您問候一下而已。雖然很早就聽說徐代表順利出院，到日迅人壽赴任的消息，但這段期間始終沒機會來拜訪。不管怎樣，去年讓您費了不少心思，一直都還沒跟您道謝呢。」

徐翰烈斜勾起一側嘴角，眉頭間也蹙起微小的皺紋。

「講重點，您是聽不懂嗎？」

不帶一絲溫度的冷聲催促反而讓文成植咧開嘴笑了起來。兩顆眼珠子在折疊的眼皮之下閃著古怪的光芒。

「我開了一個YouTube頻道。」

「然後呢？」

「人們熱愛爆料性主題，就算僅處於懷疑階段，沒有證據，也很容易隨之起舞。看來，比起那些名不見經傳的爆料系網紅，娛樂新聞記者對大家來說更有公信力的樣子，這幾天訂閱人數一下子爆增了不少，大家也提供了各式各樣的情報過來。每天都有人在問那些藝人明星的八卦傳聞到底是不是真的……他們也都非常想知道日迅家族獨家報導的一些幕後故事，或關於池建梧先生謠言的真實性。」

徐翰烈「哈」的冷笑一聲。文成植扯了扯嘴唇，也跟著他嘻嘻笑了起來。

「想必您也知道，YouTube生態就跟野生叢林差不多，別妄想那些爆料系頻道主會發揮對人類同胞的愛惜之情，或懂得媒體限時禁發這種規矩。假如我要在那競爭的環境中生存下來，是不是也該做點什麼才行？」

徐翰烈撇過頭訕笑出聲，隨即，他回頭再度看向文成植的眼裡有著濃濃的譏嘲。

「我們家老頭說過的話當中，有句名言到現在從來沒有失準過。『我對錢不感興趣，名氣名譽都是浮雲，我不過是想實現社會正義』，越愛把這種話掛在嘴邊的人，其實往往最瘋狂追逐那些東西。」

「這個嘛，我不太曉得您為何要對我說這些話。」

「是啊。」

徐翰烈直接用下巴指了指文成植。後者仍然佯裝一副無知樣，露出好脾氣的笑。那低俗的嘴臉令人感到噁心。

「我懂您的意思了……既然過去有點交情，我們這邊會再仔細思考一下，看怎麼樣才能幫助到文記者。」

徐翰烈努力勾起嘴角。文成植則對他說：「多謝費心了。」高興地將剩餘的紅酒全數喝下肚。

✦

白尚熙不斷地確認著手機。現在已經是凌晨兩點多了，說著會聯絡的徐翰烈至今還是無消無息。難道祭祀還沒結束嗎？畢竟是久違的家族聚會，可能忙著和家人談天而無法顧到手機。白尚熙在腦海中找了各種理由來安慰自己，但怎麼樣都難以想像徐翰烈和親戚們和樂融融有說有笑的樣子。即便他對那些人其實也談不上多了解。

大拇指在通話鍵上方再三流連，最終，他還是呼出長長的一口氣，把手機緊握在手裡。

『那池建梧先生就可以回去了吧？嗯？這是我們的家務事。』

當徐朱媛築起一道名為家人的圍籬，饒是白尚熙也不敢踰越。這類情形今後也會時常發生。再怎麼說，徐翰烈和徐朱媛都是要共同帶領日迅的核心人物，在享受著優越生活的同時，亦伴隨著龐大的責任。即使他和徐翰烈有著最親密的關係，不僅仍得不到外界正式的認可，徐家人的世界也沒有他能插足的一席之地。這件事從一開始就是這樣，未來應該也不會有什麼變化。

並不是說他現在才開始變得貪心不知足。但每當聯絡不上徐翰烈的時候、每當徐翰烈有什麼事是自己不知道的時候，總有一股無法名狀的焦急感在他胸臆盤旋。這對白尚熙來說是非常陌生的情緒，他不知道該如何應對，也不曉得該用何種話語、用什麼形式來表達這種無法只靠他一人承擔就能排解的情感。

白尚熙突然凝視著《Spotlight》的劇本。從對方交到他手上的那一刻起，他便奇妙地感覺胃液在翻騰。明明都還沒被選上，心情卻莫名激動。回到家裡，坐下來把劇本從頭到尾讀完一遍之後，心中甚至生起某種確信感。他很想知道徐翰烈對此有什麼看法，也很想跟徐翰烈分享此刻這種不熟悉且微妙的心境。

白尚熙只沉吟了一會，便試著撥打徐翰烈的手機。長聲的訊號音持續了幾秒頓時停止，接著傳來您所撥的電話無法接聽的語音提醒。他又重打了兩三遍，結果都是一樣。他莫名固執地再試了一次，結果電話裡傳出對方未開機的通知。

「……」

白尚熙馬上撥電話給楊祕書。這次是連第一聲回鈴音都尚未結束，對方就已應答。

「您好，我是楊俊錫。」

「楊祕書，我聯絡不上翰烈……」

「啊，本部長現在來到了飯店。」

「……飯店？」

竟然不是在徐宅逗留，而是突然跑去飯店，令人摸不著頭緒。是祭祀時發生了什麼事嗎？白尚熙想，就算真是那樣，有必要連家也不回，甚至完全不和自己聯絡嗎？更何況他們之間也沒特別發生什麼問題啊。

剛才在辦公室見到徐翰烈的時候，他看起來心情並不壞，反倒是非常高興見到自己驚喜來訪，還為了無法一起回家而顯得十分失望。

白尚熙實在不明白徐翰烈在這短短幾個小時內，心情上是出現了怎樣的轉變。這種情況全然出乎意料之外，讓他既煩悶又好奇，還有些不知所措。

「是的，本部長說明天會直接從飯店去公司上班。雖然我也不是很清楚，但本部長似乎是想要在這邊整理一下思緒，稍微放鬆休息的樣子。」

楊祕書小心翼翼地揣測徐翰烈的心理。徐翰烈的心情不知為什麼似乎不太好，跟白尚熙最後記憶中的模樣有些出入。

「翰烈是不是有發生什麼事？」

「這個嘛，我也只是一直在外面待命，所以不太清楚詳細情況。」

「祭祀結束後他有和誰見面嗎？」

「沒有。」

楊祕書慢了零點幾拍才給出回答。轉瞬即逝的留白其實短得難以測量，白尚熙卻明顯察覺到他的遲疑，感覺是出於某種原因而有所隱瞞。

「那你能幫我聯絡一下飯店嗎？」

「聯絡飯店？」

「對，翰烈再四個小時之後就要吃藥了，我想幫他把藥跟換洗衣物一起帶過去。」

「啊，那些東西我來……」

「我不會打擾到他的，東西交給他之後我就走。」

楊祕書猶豫了一會才答應他說：「我知道了。」

徐翰烈放滿了浴缸的水，走進去坐下來，啪嗒啪嗒的水瞬間滿過邊際，溢流到地板上。在那陣劇烈的嘩啦聲過後，水流沿著排水道的潺潺聲舒服地迴蕩在耳邊。徐翰烈仰起腦袋靠在頭枕上，閉起了雙眼，就這樣靜悄悄地伸展四肢，沉浸在由水帶來的平靜之中。

把文成植送走以後，此刻的他正忙著讓自己休息，感覺必須馬上放鬆一下，紓解短時間急速累積的這些壓力。後腦杓感覺緊繃得不得了，難受到兩眼昏花的地步。

『那我會再跟您聯繫，請您務必要保持身體的健康。』

平滑的眉間擰起皺摺，徐翰烈默默握緊了手上的紅酒杯。才過沒多久，他就又張開了好不容易才闔上的眼，瞪著無辜的天花板。

文成植今天的問候很明顯就是在威脅。他會突然約徐翰烈見面也只是為了鞏固先前僅只一次的勾結關係。看來他已識破了徐翰烈的弱點就是白尚熙的事實。

徐翰烈當初將記者這種角色納進自己小小的復仇劇本裡時，就已預想過或許會有這種情況發生。他只是不太在意罷了。彼時的他誤以為這樣做就能徹底斬斷自己和白尚熙這段孽緣，竟然自以為有辦法與他斷絕。能夠擁有現在這種美好的未來，是那時期的他連做夢都不敢想像的一件事。

然而，如今情況完全不可同日而語。徐翰烈的人生仍然在持續著，有了必須守護的人事物。當初決定放棄一切時所做的選擇，卻在當今企圖拿回手中的一切時，變成了反噬自己的強力威脅。不管用什麼方法，都必須要阻止文成植才行。

徐翰烈喝掉杯子裡剩餘的紅酒，還沒吞下去，就已經開始捨不得最後這一口酒了。他銜著酒杯好半晌，煩惱著是否要再多來一杯。畢竟很久沒碰酒精，再加上有事煩心，影響到了他的自制力。徐翰烈讓身子下滑，下巴浸在水裡，不停擺弄著手中的空酒杯。

就在這時，門鈴忽然響起。徐翰烈沒有叫客房服務或其他附加服務，他這裡是總統套房，不太可能是飯店職員走錯房間。而且他也老早就把楊祕書送走了，就算是幫他送上班的衣服來，最快也至少要在幾個小時之後。他一時想到會不會是文成植又折回來了，但在沒有房卡的情況下，是不可能有辦法搭乘VIP專用電梯的。徐翰烈想了半天也想不出到底會是誰來找他。難道是聽錯了嗎？

就在他決定不管了，重新放鬆情緒的剎那，門鈴竟然又響了。這一次他很肯定自己沒有聽錯。

徐翰烈不禁嘆氣，只好從浴缸裡爬了起來。身上各個地方匯流而下的水柱強勁地拍擊著水面。此刻的他正處於一個神經敏感的狀態，就連這種程度的噪音都嫌刺耳。

他在溼漉漉的身體上隨便披了件浴袍便往外走。在這短暫的空檔，門鈴再度響起，接著傳來低沉的敲門聲。不對，與其說是敲門，更像是用拳頭搥打的聲音。徐翰烈在門前停下腳步，警戒著門外的不速之客。萬一情況不對的話他就不開門了，打算直接叫保全過來。

「翰烈！」

正當全身細胞都處於一個高度戒備的狀態，竟傳來不可思議的熟悉嗓音。那是白尚熙的聲音。徐翰烈猛然想起自己和文成植談話時，白尚熙曾接連打了幾通電話過來。當時的情況沒辦法接，可是白尚熙還是不死心狂打，他只好先關閉了手機電源。他認為沒必要讓文成植有機會確認自己和白尚熙是多特殊的關係。本來打算等文成植離開後立即聯絡白尚熙，找個合適的理由解釋來此的目的，誰知因為急於緩解壓力的關係，他完全忘了這回事。

徐翰烈內心一驚，莫名像犯了什麼錯事。他握住門把，先做了個深呼吸之後才打開門。站在走廊上的人真的是白尚熙。儘管早就知道是他了，徐翰烈還是感覺很不真實，直愣愣地望著眼前的人。白尚熙同樣也由上至下地把徐翰烈溼濡的臉龐，還有隨手繫起來的鬆垮浴袍細細打量了一遍。

奇異的沉默降臨在兩人之間。白尚熙緊盯著自己的眸光忽然讓徐翰烈有種喘不過氣的感覺。他輕笑一聲，盡量試著緩和氣氛。

「什麼啊，不是有說我要在這邊睡一晚嘛？」

「嗯，可是我今天不想自己一個人睡。」

突然的撒嬌讓徐翰烈聽了淺淺失笑。白尚熙也跟著笑了，直接走過來摟住徐翰烈的腰，毫不猶豫地把嘴唇埋在他修長的脖子上。「你衣服會溼掉。」就算徐翰烈阻止也沒用，他被白尚熙推著跌跌撞撞地向後退，被迫放開了門把，整個人被壓在走道的牆壁上。白尚熙一把抱起被逼到角落的徐翰烈，從吻個不停的頸部一路啃至耳下。房門在他身後自動緩緩關上。

兩人的額頭斜斜地抵在一起。白尚熙垂下眼，默不作聲地看著徐翰烈，用鼻尖又輕又慢地去磨蹭他的。徐翰烈也自發地兩手環住他脖子，內心滿懷期盼。急促緊張的呼吸不斷匯聚在彼此的人中處。

白尚熙微啟雙唇，淺淺含住徐翰烈突起的唇珠小力拉扯，忽然扭頭把自己的舌頭送進徐翰烈張開的唇縫裡。徐翰烈閉上了眼，乖巧地接納著他。兩人的唇瓣反覆發出甜滋滋的啾啾囁聲，銜接在一起，又分開，然後再次糾纏得找不到半點空隙。軟軟的舌頭在嘴與嘴的縫隙間推來擠去，濃烈地融合為一體。

白尚熙依依不捨地結束這一吻，最後特別狠吮了一口徐翰烈的舌尖。徐翰烈起初還以為白尚熙是在逗他玩，但對方在嘴裡緩慢舔舌琢磨味道的神情看起來卻無比真摯。

「怎麼了？」

「你喝了紅酒？」

頓時被說中虧心事，徐翰烈的眼神心虛地飄至一旁。

「一點點。」

說完，他馬上抱怨：「洗到一半跑出來好冷。」然後逃進了浴室裡。白尚熙慢慢跟在他後頭，環視了下房間內部。他最先認出的是那股熟悉的香味。日迅飯店套房專用的淡淡香氛味，以及同一系列的沐浴用品，還有那股只剩後調、與徐翰烈體味無異的香水味。混雜其中的一絲陌生香氣讓白尚熙倏地一頓。那味道重得嗆鼻，令人無法忽視這股突出的氣味。

那是一種常見的香水味，但白尚熙不記得最近有聞到過。至少不是楊祕書使用的香水。光憑味道很難猜出使用者身分，儘管如此，白尚熙腦海中仍模糊浮現出一個年近五十、傳統保守的男性形象。令人不安的是，除了這股存在感極強的陌生香味和徐翰烈的體味之外，白尚熙沒聞到任何別的味道。就連楊祕書的香水味他都聞不出來。

白尚熙的視線立刻朝會客廳的沙發桌看去，那裡放著一瓶紅酒和使用過的一個空酒杯。徐翰烈是自己一個人在那裡喝酒嗎？當白尚熙跟隨他進入浴室，發現另一個空酒杯時，這個假設便立即被推翻了。徐翰烈要是自己獨飲的話，沒有必要用到兩個杯子。

「有誰來過嗎？」

白尚熙驀地自言自語了一句，視線仍固定在那個空酒杯上頭。徐翰烈一臉詫異地順著他的眼神看去，然後沒什麼大不了地聳聳肩：

「花灑出了點問題，所以飯店員工來過一趟。」

徐翰烈雖然這樣解釋，淋浴間的地板卻是乾的，花灑上也沒有任何水氣。難道修繕組的職員走之前還細心地把東西全都擦過一遍？

「紅酒也是你自己一個人喝的？」

「不然是要跟誰喝。」

徐翰烈彷彿聽到什麼奇怪的話，「噗」地笑出來。失去聯絡到最後關閉電源的手機、兩個空的紅酒杯、瀰漫在房內的陌生香水味，還有徐翰烈矢口否認這一切的態度，就算白尚熙排除了所有亂七八糟的想像和懷疑，歸納出的唯一結論還是沒有改變——徐翰烈正試圖隱瞞些什麼。

白尚熙不說話地注視著徐翰烈，然後朝他走近。他一隻手撐著浴缸，上半身伏得很低，一隻手捏起徐翰烈的下巴。徐翰烈沒有反抗地任他擺布自己的臉，問他：「怎麼了嗎？」白尚熙的拇指指腹輕輕撫過他的下顎，仔細地端詳那雙直勾勾看著自己的眼。水蒸氣使得原本就稠密的空氣變得更加難以呼吸。

「是不是有發生什麼事？」

「沒有啊。」

「你的表情看起來不太好。」

「我被公司還有祭祀的事搞得很累。」

徐翰烈堅持裝傻到底，還打算平息掩飾似的在白尚熙手上揉了揉自己發紅的臉頰。

「為什麼不回家？」

「反正你一大早就要出門，我有時候也想好好休息個一天嘛。」

「我有這麼煩人？」

「你今天才知道啊？」

隨之而來的吐槽讓白尚熙忍不住發出一陣淺笑，徐翰烈臉上也跟著出現笑容。白尚熙輕觸他因高溫升起紅暈的眼下肌膚，繼續問道：

「你剛才好像有和洪代表通電話。」

「……剛才？啊……那時候你在旁邊？」

「嗯，他叫我去的，給了我一個劇本。」

「是喔？你現在就已經忙到分身乏術了，還塞劇本給你，他攻擊性還真強。我就是滿意他這一點才讓他擔任那個職位，看來他這種老毛病也是改不掉。」

「你為什麼打給他？」

「你也會好奇這種事？真是想不到。」

徐翰烈原本低垂的眸子抬起來看著白尚熙，用感到意外的眼神觀察他內心的想法。白尚熙一句話也沒回，只是怔怔看著徐翰烈，又用大拇指在徐翰烈臉上摩挲了幾下，像是在催他回答自己的問題。

「只是工作上有些要處理的事。」

「是跟我有關的嗎？」

「才不是，你以為我整天都在忙著弄你的事啊？我們尚熙，自我意識高到我都要認不出來了呢。難道是我害的？」

徐翰烈輕笑著從白尚熙的手中脫逃出去。他慢慢後退，將整片背部靠上浴缸。

「別站在那邊，你也進來一起洗。」

盯著徐翰烈什麼話也沒說的白尚熙直起腰來，接著從T恤開始唰唰脫去身上所有衣物。徐翰烈微歪著頭欣賞他脫衣服的模樣，看到一半莫名收起了下巴，開始覺得喉嚨發乾，突然更想來一杯他苦苦隱忍不再碰的紅酒。

白尚熙一踏入浴缸，就朝徐翰烈伸出雙手，於是直接被徐翰烈拉進了懷裡。他也緊緊摟住徐翰烈，還把頭埋進他的頸窩處用力吸氣。

被白尚熙死命地攬著，徐翰烈一下一下地撫摸著他的頭髮和後頸，另一隻手則是在他背脊上輕撓。徐翰烈這時猛然想起白尚熙稍早有到公司來，便開口問他：

「你之前是有不是什麼話要說？」

白尚熙想起《Spotlight》的劇本，稍微頓了一下，但又馬上表示：「沒什麼。」說完把徐翰烈抱到了自己的身上。肚子剛相貼在一起，兩人便極有默契地交換了幾個淺嘗即止的吻。紅酒的香氣這時已逐漸淡去，嘗在嘴裡帶有一點淡淡的水味。兩人再次額頭相抵緩和呼吸，沒多久，徐翰烈的唇瓣輕輕按在白尚熙鼻梁上，退開時，他用低啞的嗓音小聲呼喚：

「白尚熙。」

「嗯？」

「不管誰說什麼，我都要和你一起完成所有想做的事。」

「好。」

「我要活得不留遺憾，就算明天死去也不覺得可惜。」

「嗯，就這麼做吧。」

得到白尚熙盲目附和的回答，徐翰烈露出了心滿意足的笑容。他馬上把白尚熙給抱得更緊，在那寬厚的肩膀上蹭著腦袋。

白尚熙在他乾瘦的背上拍撫著，默默地盯著半空中愣神。徐翰烈想瞞著自己的事情到底是什麼？即便是公事，相關事務必須對自己這個第三者保密，白尚熙也無法以此作為容忍謊言的藉口。就算他不斷否認，告訴自己說這不會是真的，他的內心依然無法控制地亂作一團。

那天夜裡，白尚熙真確地陷入了長久的沉思當中。

SUGAR

슈가 데이즈 Sugar Days

04

Lonely Night

SUGAR DAYS

DAYS

參加專案小組全體會議之前，徐翰烈將林宇英傳給他的分析報告瀏覽了一遍，根據最新的國際財務報導準則模擬了損益結構。結果顯示，未來二至三年內的資本虧損情況如預期般嚴重，令人擔憂。原本就占相當高比重的未來負債比預計將會大幅上升，然而營業利潤卻是原地踏步，也創造不出嶄新的商業模式。更慘的是，新客戶人數也在逐年減少，如果再不加以干預，遲早會淪落爲虧損企業。掛著日迅的招牌卻把公司搞到經營不善，這是絕對不能發生的事。

徐翰烈擔任日迅人壽經營企畫本部長一職已經三個月，過去看似遙不可及的改革方案如今終於有了眉目。針對明年初召開的股東大會所準備的一系列計畫，現在終於來到付諸實行的階段。

朴副社長那邊則是出奇地安靜。不知道是徐朱媛的影響力起了作用，還是他只是單純不想涉入由徐翰烈開啟的這場賭局。要是徐翰烈執行的專案失敗了，沒有涉足的他就可以徹底撇清責任，另闢蹊逕也說不定。

徐翰烈正在整理思路，門外忽然響起敲門聲。他應了一聲，楊祕書開門進來朝他頷首。

「本部長，會議室那邊已經準備就緒。」

「那好，走吧。」

徐翰烈披上外套離開了辦公室。除了總是隨行在側的楊祕書之外，李祕書也帶上準備好的資料跟著他們走。

為了縮短等待時間，楊祕書在即將到達電梯口時快步上前，預先按下電梯按鈕。徐翰烈這時仔細地看了看他的鞋子，突然間發問：

「你買皮鞋了？這雙我沒看過。」

「……啊，是的。」

楊祕書遲疑地停下腳步，甚至用困惑的眼神低頭看了一下自己的鞋子。不僅是對徐翰烈敏銳的觀察力感到驚訝，也因為他平常幾乎從來不會聊這種私人話題。

但徐翰烈的疑問並沒有就此打住。

「你自己去買的嗎？」

「不是，是在網路上買的。」

「網路上啊，是說，大家買東西時，真的都會搜尋什麼……最低價是不是？」

楊祕書和李祕書的目光瞬間撞在了一起。雖然不清楚原因，但徐翰烈一直追問這些事，似乎有什麼特別的理由。

「我的話，一旦決定好要購買的款式型號，就會先在網路上搜尋那個商品。也可以篩選販售平臺，從官方的購物中心或值得信賴的賣場購買，無須受到購物時間或地點的限制。我認為，既然是同樣的商品，選擇最划算的價格購買才是合理的消費策略。」

徐翰烈無聲地看向李祕書。李祕書登時明白了他的意思，也分享自身的消費習慣：

「我也是買東西前，通常會先搜看看最低價是多少。衣服的話，很多都是先在賣場試穿，然後再到網路上訂購的。其實除非是特殊情況，不然像是賣場、銀行還是政府機關，最近幾乎都不需要特地出門跑一趟，在家就可以處理。」

「銀行或保險之類的金融業務也大部分都可以線上辦理？」

「是的，因為銀行的營業時間短，營業據點現在也少了很多，所以要親自到現場辦的話很不容易，有時候去了也要在現場等半天。相較之下，現在只要有一支手機就可以進行一般的金融交易或處理行政事務，真的方便很多。其實我覺得最大的好處是可以不用和營業員直接見到面。」

「為什麼？不管是商品交易還是行政事務，在沒有專業人員的解說或建議下直接進行，應該會增加風險吧？」

「我覺得即使需要承擔那樣的風險，應該還是會優先考慮最便利的方式。不過，對於所需的商品、服務或其他業務的相關資訊，就還是得自己去尋找和比較才行了。」

「嗯……你們兩位是特例嗎，還是這算是普遍大眾的做法？」

「我認為這是普遍的，尤其是韓國的年輕消費者族群。」

徐翰烈默默點著頭。儘管他現在才三十歲，還歸類在「韓國的年輕消費者族群」，但對他來說那完全是不同世界的東西。從小到大，他幾乎沒有親自買過什麼生活必需品，也從來沒有自己處理過金融或行政事務。這些事都被包含楊祕書在內的所有受僱人給包辦了。徐翰烈甚至從未花心思去煩惱應該投資哪些標的來增加自己的財產。徐家人只需聘請各個方面的專家來辦事，然後定期聽取報告而已。也難怪他會對「查詢最低價」這種詞語組合感到如此陌生。

等待的電梯終於來了。徐翰烈從進了電梯之後，一直到會議室門前，整路上都沒有開口說話。乍看像是浸溺在自己的思考當中。

走進會議室，早已到場的小組成員們全都從位子上起身，像排練好那般一起鞠躬說：「本部長好。」徐翰烈從他們面前悠悠經過，來到主位坐下，直接切入正題地說了句：「開始吧。」

這場會議沒有安排掌控流程的主持人或發表者。所有重要內容都已顯示在大螢幕上，以便進行橫向式的意見交流。目的在於確保獲取不同的觀點，並簡化不必要的程序，以加快工作進度。延伸這樣的概念，專案小組內部並沒有另外賦予職位，只知道各自負責的業務和姓名而已。

今天的會議從更換專屬形象代言人開始進行討論。已經來到今年的第四季，沒有時間可以繼續耽擱了。

「我是行銷部的金仁赫。為了專屬形象代言人簽約一事，一直有在和鄭義玄那邊聯繫。目前因為鄭義玄演出的《遊戲》播出後反應熱烈的關係，我們將簽約金提高為先前的一百三十%後報給了對方。」

「那他答應了嗎？」

「可能是剛好這個時期，他們那邊也收到不少類似的提案，所以回覆說要考慮一下再做決定。」

「他在那部《遊戲》還是什麼的戲裡面不是演反派嗎？仍然有那麼多企業要找他廣告？」

企業廣告百分之百側重在形象宣傳，尤其是銀行或保險公司等金融業，更喜歡形象真誠、值得信賴的代言人。就這方面來看，無論那部戲有多受到歡迎，可能要重新考慮是否真要選用以惡角聞名的演員來代言。

簡報這時換了一頁，接連跳出某個綜藝節目的截圖以及收視率、話題性指標的圖檔。

「他在電視劇播映結束後參加的觀察型綜藝獲得很不錯的反響。光是該集就創下了十五％的最高收視率，當週在非電視劇類別以二十四％排名話題度第一。他過去就一直是個形象健康正直的演員，透過這個綜藝節目更加鞏固了良好的印象，聽說在節目播出之後就收到大量的專屬代言人邀約。我們的一些競爭公司似乎也都有向他提出邀請。」

「話是這麼說，但我們哪有時間在那邊等他考慮。」

沒有人能夠回答這個問題。眼下除了挑選代言人之外還有很多問題需要處理。在已邁入第四季度的這個時間點，也很難找到新的替代人選。即使前路茫茫，但也不能就此屈服。無論如何，不管用什麼方式都不能放棄嘗試。

「還是再找看看其他人選？」

「不用，用原先的兩倍價格報給他試試看。」

徐翰烈口吻滿不在乎地下指示。他剛說完，整個團隊一陣嘩然。

「怎麼，有什麼問題嗎？」

「兩倍的話就是業界最高價了。」

「那又如何？我們的提案必須要有足夠的吸引力，對方才會毫不猶豫地答應。告訴他們要在這個禮拜之內回覆，訂好期限之後重新報給他們。」

「好的。」

代言人挑選問題告一段落，開始進行下一個議題的討論。畫面上出現了日迅人壽的財務資料綜合分析表。

「發給各位的評估報告應該都看過了吧？將我們公司目前的業務狀況，代入新的國際財務報導準則之後模擬出來的結果，預計負債規模至少高達兩千億韓元。」

一提到如此具體的數字，會議室的氣氛頓時凝重起來。預估的負債金額等同於在場所有人必須達成的目標利潤。感覺眾人面前橫亙著一座令人望之卻步的高山，卻必須想辦法跨越過去。

在金融業，最重要的就是要確保金融結構的穩定。為了讓日迅人壽具備比現在更強大的競爭力，透過資本擴充來降低負債比是當務之急。

徐翰烈根據林宇英製作的評估報告來徵求小組成員們的意見。

「據我所知，可以透過有償增資、發行次順位債券或混合證券來解決臨時性的債務。我認為如果是有償增資，應該比較不會引起股東們的強烈反彈。你們覺得呢？」

「我是財務部的閔世真。您提到的有償增資雖然是改善財務結構最簡單、最有效的方式，但也必須仔細考慮股市當前的走勢和需求，以及現有股東的反對意見才行。如果利用有償增資來償還或解決債務，財務健全性可能會受到質疑，反而會導致投資意願降低。」

「當然要讓外界看起來像是擴充設施時進行的資金籌措，而不是為了解決債務使出的手段。我們現在不是正絞盡腦汁想辦法要填補已經出現的漏洞嘛。」

徐翰烈排除掉明顯的疑慮，直接問說：「你們覺得最多可以賣多少股？」

「考慮到投資人的心理，要賣到五百萬股以上有點困難。」

「五百萬股的話……差不多就是一千億韓元？我聽說去年，我們有和大數據中心針對客戶投資傾向進行了聯合調查，對嗎？」

「對的，沒錯。」

「那根據調查出來的資料，假設有償增資五百萬股、次順位債券兩千億韓元、混合證券兩千億韓元，請你們按照以上每一種情況分析投資人行為，然後把報告書交給我。實際的增資方式將會以此為基礎，在董事會上討論過後再開始進行。」

「明白了。」

「還有，你們覺得把這棟總公司大樓賣掉如何？既然要擴充資本，盡量準備得充裕一點會比較好。」

徐翰烈意外的提議讓成員們再次浮躁了起來。透過出售公司資產來增加資本是很普遍的一種方式，可是把總公司大樓轉讓出去的話，公司就失去營運的場所了。

「各位有必要這麼驚訝嗎？先把大樓賣掉，然後再跟買方租下來使用就行了。一開始出售時簽訂好這樣的契約不就沒問題了？應該沒有人不知道，我國房地產的公告現值與實際成交價格簡直是天差地別，這棟樓的話，少說能賣個三千億吧？」

「可是，能夠有辦法立刻找到願意用這個價格和條件購買的買主嗎……？」

「要不要找專業的投資公司看看？」

有人對徐翰烈的計畫提出質疑，但也有人快速站出來回應。

「不用，」徐翰烈搖了搖頭：

「關於買主我另有打算，各位可以不必擔心。現在要最先做的是不擇一切手段擴大資本，用那些錢解決掉預期債務之後，再將剩餘的資金投入另類資產並賺取利潤，應該就不會有其他財務問題了？」

幾名成員點頭同意，但仍有半數成員抱持著懷疑。保險業一般透過投資穩定的政府公債來獲取利潤，但在當前低利率時代，難以藉此獲得大量收益。話雖這麼說，也不能因此就冒險投資高風險資產。

徐翰烈在這時候提出的方法是利用債務以外的資金購買房地產或土地等另類資產來獲利，但必須投資得當才不至於虧損，這對於一般投資公司來說也不是一件容易的事情。儘管如此，徐翰烈卻是充滿自信。

「不用擔心，相信我，我認識一個深諳此道的人。」

看到他胸有成竹的笑容，成員們臉上露出了更加不明所以的表情。

他們的討論並沒有就此停止。在制定了提高RBC(Risk Based Capital，風險基礎資本額)的方法之後，接下來輪到尋找新的獲利模式。

關鍵在於，如何兼顧現有客戶的維持，並持續拓展新客源。公司必須淘汰越賣越賠錢的商品，開發出能夠帶來更多利潤的商品才行。

「我是商品開發部的金延周。當今的低利率時代，似乎有必要透過擴大和開發有吸引力的保障型保險商品來吸引新的客戶。隨著預期壽命的延長，將現有客戶八十歲到期的保障型商品延長到一百歲，來提高現有客戶的忠誠度，這樣應該會是個不錯的方法。如果在商品投資組合中提高變額保險比重，預計將有效增加銷售量，同時RBC也會跟著上升。」

「保險要能夠吸引人，不是應該簡化理賠程序、提高理賠金額才行嗎？」

「是的，所以我們想出了一種方法來簡化目前的賠償處理系統，這一點請參閱我們之前提供的資料。這邊另外還有一項提案，現在的人們似乎比以前更關心自身健康，更積極地進行自我管理嘛，所以我在想，我們或許可以積極引進健康管理服務？如果利用目前財團經營的哈納醫院和哈納療養院，應該可以打造出互惠互利的共生模式。」

「健康管理服務的具體內容是什麼？」

「這是參照Discovery保險公司推出的一項Vitality福利系統——先為客戶檢查健康狀況，然後提出改善方案，並在達到一定標準時會提供客戶各種獎勵。保險的特點在於事後賠償，所以其實以公司的立場來說，健康的投保人才是最值得感謝的客戶。那些客戶應該也會覺得我們提供的健康管理服務和獎勵制度很有吸引力。利用統計廳或國民健康保險的佇列資料庫，以及日迅人壽數十年來累積的客戶資料庫，應該能夠提供一套實用的方案。我認為獎勵方案要是和日迅旗下的其他公司攜手合作，不管是客戶滿足度還是公司銷售方面，應該都可以形成雙贏的局面。」

「那好，既然要仿效別人的東西，親眼觀摩一次總比憑空揣測要來得好。跟Discovery公司聯絡一下，先把出差日期定下來吧。不管是參觀還是考察，還是需要簽合約，總之先完整了解運作原理之後，再實際規劃出一個適合我們條件的系統出來。」

徐翰烈指示完又說：「還有，」他看向從營業管理部挑選出來的成員：

「說到聯繫，和科技公司的合作進展得如何？我都還沒收到報告呢。」

隨著新的會計準則上路，保險業界的另一個熱門話題是「數位保險」。年輕客群為主的線上投保呈現出急劇增加的趨勢，因此急需制定相應的誘因策略。只依靠自家的應用程式效果有限，應該要從一開始就和擁有眾多用戶的金融科技與大型科技公司攜手合作，才會是更有效率的方法。基於這樣的判斷，公司已經向韓國最大的兩個平臺提出了合作的要求。

來自營業管理部的成員說明了合作業務停滯不前的原因：

「目前兩家公司都正在調整他們的手續費費率。」

「手續費很高嗎？」

「應該是因為現有的合作公司銷售成長非常顯著。」

「流通業果然是最強的啊。」

徐翰烈把背向後靠，一邊喃喃自語著。他倚靠在椅子上慢慢地左右旋轉，陷進了某種思緒當中。「其實我想過這件事，」他的開口吸引了所有人的注意。

「總歸來說，最有賺頭的還是流通業，流通業只管把別人辛苦製造出來的產品賣給消費者而已。尤其是像保險這種無形的商品，那就更不用說了。所以我是在想，我們要不要也來著手嘗試看看？」

就在所有人聽得瞠目結舌的時候，其中一名成員慎重地向徐翰烈確認他的想法：

「您是在說GA（保險經紀人公司）嗎？如果是GA的話……」

「沒錯，我查了過往的業務紀錄，發現公司早在三年前就曾以內向投資的形式企圖成立保險經紀人公司。雖然當時這項專案被認定為時機尚未成熟而遭到擱置，但現在情況已截然不同。我打算運用當時習得的知識經驗為基礎，成立一間新的子公司，正式啟動『開放保險』服務。誰知道呢，也許這家公司能夠成功在市場上占有一席之地，成為上市公司也說不定。作為該公司最大的股東，我們日迅人壽便能將上市後所有的獲利納入資本，如此一來，不就能大幅改善資本適足率了？」

GA指的是專門銷售保單的公司，它並不侷限於單一公司的保險商品，而是能集中展示並販售多家保險公司商品的一種代理機構。消費者不需要逐一拜訪各家保險公司，只要利用GA這種保經公司，就能快速比較多種保單，從中擇一即可。

「聽說現在大家常在網路上購物，而且還會搜尋最低價再購買？」

徐翰烈拿網路購物為例，強調應該將此洞見應用在GA子公司上。團隊成員們聽到他這麼說都露出詫異的表情來，實在很難把徐翰烈和網路購物這件事聯想在一起。

的確，徐翰烈至今從未在購物時考慮過最低價格這種事，也沒有在網路上買過東西。要不是有跟白尚熙聊過，他甚至不會知曉「網購最低價」這種概念的存在。

『工地僱用年紀那麼小的小孩？那不是違法的嗎？』

『他們也是想用最少的成本獲取最大的效益吧。一般人就算是買一萬韓幣左右的東西也會搜尋最低價格，僱用人力應該也是一樣道理。畢竟我的時薪最便宜，體格也不比其他成人差，剛好符合彼此的需求罷了。』

「……那，存款或保險應該也是通用的吧？」

後面補上的這句話就像是在自言自語一般。

其實若是以時機或必要性層面為考量，沒有什麼理由好猶豫的。單就汽車保險來說，消費者無須透過財務規劃師經手服務，自行尋找並選擇符合自身條件的直接投保已成趨勢。這種投保流程簡便，不受時間場合限制，還可以享有豐厚的保費折扣。而GA不但具有相同優勢，還擁有只需輸入一次資料，就能同時比較所有保險公司保單的這項獨特功能。這意味著，不只是保險商品，現在連年金或儲蓄，也可以根據每個人所重視的條件，例如「最低價」或「最高利率」等多種分類來進行篩選。

「GA保險代理人制度在國外已是普遍趨勢，我們的其中一家競爭公司也已經搶先在今年開辦該項業務了。如果想要從後方迎頭趕上的話，那日迅就得更確實、更大範圍地占領市場才行。假如我們設立了GA子公司，勢必會大量僱用財務規劃師或IT領域人才，這麼一來，政府應該也會給予某些獎勵性的好康吧？」

成員們不禁發出近似嘆息的呼氣聲。雖然「經營革新」是當務之急，但徐翰烈所追求的企業體質改善規模比想像中要來得龐大，有幾個方案甚至激進到讓人覺得荒誕而不切實際。

不過假如交出了好的成績來，包含成功導入GA在內的新系統，這將會成為一項空前絕後的戰績。屆時將沒有任何人能夠反對徐翰烈坐上代表理事的位子。

徐翰烈巡了一圈席間茫然語塞的人們，唇畔不知不覺綻開一抹戲謔的笑。

「怎麼，不敢豁出去？各位不是已經被逼得走投無路，甚至抓住我這種不可靠的救命稻草了？事到如今，沒有本錢在那邊畏首畏尾，放不開手腳了。請你們拿出孤注一擲的氣勢，這樣才有辦法闖出一條生路來。」

冷冰冰地宣告完，徐翰烈從座位上起身，離開了會議室。發怔的成員們手忙腳亂站起來向他道別。

徐翰烈朝著電梯疾步走去，同時獨自在腦中盤算思量。這個計畫，連經營革新專案團隊的成員們都不敢輕易抱持樂觀態度。若不想讓這一切停留在不成熟的執行長異想天開的幻想階段，就得做好更萬全的準備，容不得半點差池。為此，必須先徹底管控好公司內外的所有變數才行。

「雖說用的是我自己的錢，但要是有其他人來攪局，怕事情會變得更棘手。」

徐翰烈不太高興地嘀咕完，嘖了一聲，然後向不知何時緊跟在後的楊祕書說道：

「跟金融監督院院長約個時間吧，越快越好。在那之前，把他的嗜好興趣、個人喜好傾向，所有相關資料仔細調查好提交給我。」

「是，我明白了。」

徐翰烈睽違許久地來到美術館欣賞展覽作品。他難得一個人行動，沒讓楊祕書隨行。美術館各區域懸掛著不同畫風和主題的畫作。剛才在入口處，他似乎瞥見一條寫著「熱情，死」的新人作品展橫幅。

這裡是日迅基金會營運的一間美術館，由擔任基金會理事長的姑姑負責經營。當初成立時打著「支持藝術家以促進文化發展，提升公民享受文化的權利以回饋社會」的旗號，然而背地裡卻跟洗錢中心沒什麼兩樣。理所當然地，一直擔任館長職務的姑姑與政商界的核心人物們始終維持著密切的往來。

徐翰烈漫不經心地掠過那些展示作品，忽然在某幅畫前方佇足。那是個莫名詭異陰森、讓人發毛的作品。光看作品無法理解其中的含義，他看了下貼在旁邊的標示牌，上面寫著畫家的名字，作品名稱叫做「結」。徐翰烈的視線重新回到了畫作上。

整張畫布都是黑的，但有好幾個地方彷彿有光線滲透進來，那些亮處被塗上了彩色的顏料。讓人無從得知是滲透進來的陽光本就如此明亮，還是是因為畫家的內心陷在一片黑暗之中，才更突顯出世界的斑斕多彩。看著這幅畫會讓人感到鬱悶和壓抑，但同時也很好奇畫中真正的世界會是什麼樣子。徐翰烈不知道在那裡看了多久，身後由遠而近地傳來高跟鞋規律的腳步聲，他的目光卻沒有從畫作上離開。

從遠方走近的姑姑和徐翰烈並肩站在一起，一同看著他注視已久的那幅畫作。待一陣時間流逝之後，她才開口：

「喜歡嗎？」

「還好，但會忍不住盯著看。」

「這幅畫呈現了畫家觀照自己人生的樣貌，」姑姑用無關緊要的語氣補充說：「他有病在身。」

徐翰烈的視線立刻轉向她。姑姑看著他笑了一下，隨後又轉回去面對著那幅畫。

「年長的老人面對逼近的死亡並不感到驚訝，反而是很自然、很順理成章的一件事。但是年輕的生命就很難和死亡連結在一起，因為這樣既違反自然，也讓人感到惋惜，更別說當事人會是怎樣的心情了。一定覺得很沮喪和絕望吧？」

「那姑姑就太不懂了。」

突然冒出來的一句嘲笑讓姑姑吃驚地看向徐翰烈。她可是堂堂美術大學畢業，還在法國主修藝術學系。就客觀的角度來說，徐翰烈的藝術眼光是比不上她這種專業人士的。何況她身為美術館館長，對展出的作品和藝術家的了解絕對會比徐翰烈這個外行人更勝一籌。

徐翰烈似乎是要她別誤會，噗哧笑著補上解釋：

「真的死到臨頭的時候，就什麼都入不了眼了，管他天空藍不藍，花是不是粉紅色的，有差嗎？反正自己都要死了。」

姑姑這才發現自己失言，趕緊閉上了嘴。自己真是哪壺不開提哪壺，她不禁覷了覷了年輕姪子臉上的表情。徐翰烈要她不必在意，朝那幅畫努努嘴：

「但是這幅畫裡的光線很明亮。無論那是代表對外面世界的嚮往，還是代表心中難以實現的夢想，或是逐漸褪色腐朽的青春歲月，這個人他沒有放棄那道光芒，所以他不會沮喪的，甚至是充滿了希望。」

徐翰烈再次確認作品的標示牌，依據畫家的姓名來推測性別。因為是有點偏中性的名字，他不太確定地問：「是男的？」姑姑點了點頭，看徐翰烈對這幅作品和畫家很有興趣的樣子，於是暗暗訴說起畫家的背景。

「這位畫家聽說單戀那個女人單戀了很久。他是個無依無靠的孤兒，而他愛上的那個女人，現在在他身邊充當他的監護人。其實，他們的關係就像情侶，只是因為在意別人眼光，所以沒有公開承認。對方從畫家還小的時候就代替他媽媽撫養他長大，他們少說也差了二十歲有吧。這位畫家出生在不幸的環境，年紀輕輕就得了大病，已經夠坎坷命苦了，卻連愛情路都這麼艱難不順遂。每次聽到這種故事，我就會想，那些生來就天賦異稟的藝術家，真的都是上天安排註定好的呢。」

對代替父母養育自己的恩人產生了特殊的情愫，為這份偏向男女情愛的心意獨自煎熬，等到對方終於接受他孤獨已久的愛情時，死亡的陰影卻悄然現形在他面前。了解畫家的背後故事之後，畫作看起來也變得不一樣了。

他感到絕望嗎？還是把那一絲希望抓得更牢了？

從某方面來看，就像是一齣刺激的不倫劇，但從另一個角度來說，又像是一部探討人性孤獨與欲望的哲學劇。由現實這個有限的空間和物理性的限制創造出來的各種故事，有時比任何創作都更來得戲劇化。

姑姑或許也有相同想法，口中念著現實人生比連續劇還要誇張。徐翰烈扯開嘴角笑了笑，提出一個膚淺的疑問來：

「姑姑怎麼沒有加以利用呢？」

「利用什麼？」

「故事性很強啊，姑姑不是最愛這種？其他人應該也是吧。」

「那也要看這個故事最後是悲劇結尾，還是有個圓滿的結局，等到時候再說囉。」

這番話聽起來，總覺得像是要等畫家死去，等他的故事和作品因此再次得到關注時，他這份最終以悲劇收場的愛情才會有利用價值。許多著名的藝術作品確實都是在作者死後得到了更高的評價。

「那他周圍不就有很多人偷偷希望他快點掛掉？所以啊，我實在很怕你們這些搞藝術的。」

徐翰烈受不了地搖著頭。姑姑沒說什麼，只是露出一個狡黠的壞笑，讓人分不出到底是玩笑還是真心的。

「話說回來，翰烈你怎麼會沒通知一聲就突然跑來，我聽到時嚇了一跳呢。有什麼事嗎？」

「只是想挑個禮物送人。」

聽到要把藝術作品拿來送人，姑姑一下子就明白他的目的，語氣變得慎重許多，問他：

「你是要送誰？」

「金融監督院院長。」

「你找他做什麼？」

「還能做什麼，公司裡有點事需要跟他打聲招呼囉。」

姑姑聽懂了似的點點頭，接著突然間意識到了什麼，低聲驚呼：

「金融監督院院長的話，就是金道勳吧？他和我之前跟你提過的閔議員關係很密切呢！」

「是怎麼樣的密切法，兩個在交往喔？」

「哎呀，金道勳是閔義葉妻子的外甥啦。」

「原來。」

這樣的話可不只是關係密切，已經算是親戚了。姑姑還真是消息靈通，徐翰烈心想，難怪爺爺會把美術館交給姑姑打理，還選擇讓姑姑嫁去傳媒集團。畢竟爺爺從以前就堅持要讓一切物力人力發揮出最大效用，這也是日迅得以存在至今日的理由。

發現了意想不到的這一層關聯，姑姑拍手叫著：「這樣正好。」

「正好什麼？」

「這樣不是一舉兩得嗎？正好閔議員那邊也有意要跟我們聯姻，這樣他們家族對你的事業也能起到幫助。」

「是得還是失還要等掀牌之後才會知道，說直接點，誰能保證那個人就一定會當選？」

「哎唷，像他那樣厲害的大人物找不到第二個了啦。」

「所以姑姑要投給他？姑姑支持的應該不是他那一邊的吧？」

「我支持哪邊又不重要，他要和你結姻親的話我就選他啊。」

「看吧。」

徐翰烈發出揶揄的輕笑。本來還用打趣語氣配合他聊天的姑姑，忽然一改態度，正經八百地勸告：

「翰烈，我知道你對這種事很反感，爸爸生前也從沒讓你接觸過那些齷齪的勾當，所以你可能會更覺得討厭排斥，但是那些政治人物很明顯就是需要錢，卻礙於面子不願跟誰開口拜託。要是隨便拒絕了，他們一定會覺得拉不下面子，事後沒被他們挾恨報復都要謝天謝地了。」

徐翰烈不是不明白這個道理。他從小就接受企業經營者課程，想要不知道那種事也難。徐朱媛講的應該也是同一套理論，要他審慎周詳地去思考大局，別只把感情放在首位。

但徐翰烈心中還是千百個不願意。在他人看來或許覺得是意氣用事、孩子氣，或是一種無謂的傲慢心，可就算如此，他還是想憑一己之力守護好自己的東西。

「反正，請姑姑幫我準備一份適合的禮物吧。」

「你又假裝沒聽到了是不是?哎，你這固執的脾氣還真不知道是像誰。既然都來了，喝杯茶再走吧。」

「我很忙，有那個時間的話，我寧願去見我的交往對象。」

後面加上這句玩笑般的話，讓姑姑的眉毛抬得半天高。「我走了。」臉上帶著頑皮的表情，徐翰烈說完便直接掉頭離去。就算姑姑不停追問說「你有對象了嗎？」「對方是誰？」他也當作是耳邊風。

大步朝出口走去的徐翰烈，走到一半倏地停步，回頭看向剛才那幅畫作。還站在畫前的姑姑用納悶的眼神問他怎麼了。

徐翰烈瞪著那幅無辜的畫看了一會，隨後用下巴指了指：

「那個我也一併帶走。」

與金融監督院院長的單獨見面來得比預期快。徐翰烈這邊剛發出低調會面的邀請，對方馬上就答應了，可見他們那邊也暗中在等待這樣的機會。

會面安排在一家大型日式餐廳內。原本考量到周圍目光，準備招待院長到日迅集團經營的餐廳，可是兩天前對方自行變更見面的場所。不確定這算是一種無形的較量，還是那位院長只是選了個自己比較自在的地方。由於這次是徐翰烈有求於人，所以他也沒有多想什麼，直接聽從了對方的要求。

據說這家餐廳是許多人用來進行會晤或游說的場所，停車場連平日的大白天都停滿了配有司機的高級轎車，代表在這裡出入時很有可能會遇到認識的人。

「……真是一點都不懂得小心謹慎。」

徐翰烈一邊不滿地咕噥一邊四處張望著。一進到店內，餐廳經理馬上出來恭敬地招呼他。

「歡迎光臨，不好意思，請問有預約了嗎？」

「有，我是來見金道勳先生的。」

「啊，貴賓已經在裡面等您了，請跟我來。」

餐廳經理立刻領著徐翰烈前往最裡面的包廂。途中經過一座高度還原日本風味的日式庭園，走廊前方出現一面大型橫拉門。在一旁等候的服務生適時地替他拉開了門扇。

徐翰烈正欲脫鞋，動作猛然停頓。包廂比預料中的要大上許多，長型的矮桌旁除了金融監督院院長金道勳之外，還有十來位賓客，而且每一位都是徐翰烈認識的面孔。他沒看錯，在座的正是各家人壽公司的代表。

徐翰烈忍不住嗤笑一聲。明明是密會邀請，結果莫名其妙變成了一場同業大型聚會。就算這場會晤是原先就安排好的，若非誤解了徐翰烈想要單獨見面的理由，不然根本沒有必要還把他找來。

「喔，是日迅人壽的徐翰烈本部長，歡迎歡迎，請坐在這裡。」

人壽保險協會會長崔世韓熱情地迎接徐翰烈的到來。徐翰烈默默說了聲「我來晚了」，遂在空位就座。於此期間，從四面八方向他投來的視線並不友好，沒有人要對這名乳臭未乾的競爭者釋出善意。

徐翰烈逐一回應那些犀利的目光，開口道：

「是說，這裡好像不是我該來的地方呢。」

「本部長以後就會成為日迅人壽的代表嘛，我們要在這裡為韓國保險業界好好籌劃未來，本部長算是來得恰恰好。」

金融監督院院長油嘴滑舌地笑著，還反問：「我說得沒錯吧？」其他代表們哈哈大笑，一唱一和地回答說沒錯。這些最工於心計的一群老油條們為了迎合他人陪笑的模樣實在難看，不小心混入他們之中的徐翰烈感覺胃都不舒服了起來。

院長的視線再次看向徐翰烈。

「徐本部長說有重要的事要見我，我覺得這是個好機會，便邀請了其他代表一同前來。我也正好想了解各位對明年業務的準備情況，有沒有什麼困難之處，徐本部長也能藉著這個場合和大家多多認識，這樣不是很好嗎？」

一時之間，氣氛出現詭異的波動。聽到徐翰烈單獨邀他見面時，在場所有人的眼神都朝徐翰烈瞟去。其中不乏有人直接對他從頭到腳掃視一遍。徐翰烈絲毫不介意地笑了笑。

「多虧了您的關照，讓我省去多餘的力氣。正如您所說的，就像您說的，我實在難以逐一拜訪在座的每一位。」

「幸好本部長能了解我這一番好意。」

院長臉上露出慷慨的笑。徐翰烈心想，他是想拿私下關說一事出來殺雞儆猴嗎？還是想要馴服剛加入他們的新人？不管他的目的是哪一種，這招真是老謀深算。

「來，為了歡迎徐本部長，我們大家敬他一杯吧！」

在協會會長的勸誘下，眾人紛紛舉起酒杯，一人一句「很高興見到你」「請多關照」等表面的客套問候，說完便以酒潤喉。徐翰烈勉強拿起酒杯做做樣子，在這個看來難以達成目的場合消磨時間，對他來說實在是無聊透頂。

接下來酒席上的對話依然虛浮媚俗。眾人提到要爲了業界的發展好好努力，又開始發表一些陳腔濫調，於是每個人都開始抱怨做得有多辛苦，現場儼然變成一場控訴大會。

「現在保險業幾乎已經是個紅海市場，出生率一直在下降，然後老年人口越來越多，還要擔心利率的事，實在找不到可以從哪裡創造新的利潤。」

「明年開始會計準則又要改變，到時負債比率必定會增加，真的是困難重重啊。假如金融監督院或金融委員會能理解我們的困境，斟酌鬆綁那些違背時代潮流的法規，那我們至少還可以喘口氣。」

「我很清楚各位的處境有多艱難，我們金融監督院會也會全力以赴，尋找改善經營環境的方法，推動制度的改革。不管怎麼說，大企業要夠穩定，身為消費者的老百姓也才能更加安心舒適不是嗎？還請各位竭盡全力來確保我們財務體系的穩健。」

都是一些老掉牙的對話內容，令人很想知道這種會談到底意義何在。如果是為了媒體宣傳而故作姿態地談笑風生，徐翰烈反倒還能理解。

曾經三次當選議員的崔世韓冒出來說了一句：

「怎麼，不是有句話叫危機就是轉機嘛。人口老化的加速，必然會增加人壽保險的重要性。順應這個時代潮流，我們應該正式開發和引進健康照護服務及老年醫療費用保障等保險商品。從那些先進國家的例子來看，醫療保健服務可以大幅減少企業的負債比。如果不僅提供事後補償，還提供持續的管理服務，就能夠讓企業和消費者雙方受益。保險業本來就是以數據為基礎的產業，假如充分利用過去積累的那些數據，我們在跟那些年輕世代領頭的大型科技公司競爭時也不至於落後。恰好政府也承諾說要大力支持全體國民的安穩養老計畫，提升老年生活品質，我們將與金融委員會、企畫財政部等相關部門密切協商，全方位地支持各位公司的業務發展。」

金融監督院院長或協會會長將實質性的困難轉嫁到企業身上，現在才在那邊口口聲聲說會提供幫助、大力支持，好聽話說得可相當容易。徐翰烈對於他們為何能臉不紅氣不喘地談論著這些教科書式的空泛內容感到好奇不已。

後半段的談話主題繼續圍繞著產業問題和解決方案打轉。當所有人都在忙著發表一兩句自己的意見時，徐翰烈只顧著用筷子尖端戳弄他不能吃的生魚片。

「哎呀，都已經這個時間了，感謝所有人今天的出席參與。不管如何，還請大家在這充滿困境的時期多多互相幫助，實現雙贏共存。那各位下次有機會再見吧。」

金融監督院院長只用了兩個多小時就結束了這場飯局，代表們互相約定下次再聚，一個接著一個起身離席。

混在人群中的徐翰烈也正要從位子上起身。

「啊，徐本部長，方便的話可以借個火嗎？」

院長突然把徐翰烈叫住，正要離開包廂的代表們都投來充滿疑問的目光。協會會長及時跳出來主動幫忙趕人：「來來，大家應該行程都很忙，我們一起到外面去吧。」徐翰烈搞不懂這是什麼情況。

很快地，一行人終於離開，門悄悄關上。徐翰烈也重新端正服儀然後在位子上坐下。剛才說要借火的院長並沒有掏出香菸來，而是露出了意味深長的笑容。

「本部長是不是覺得不高興了？」

「怎麼會呢，我猜您這樣做一定是有什麼特別的用意吧。」

「畢竟身處一個備受猜忌和牽制的職位，凡事都得格外小心才行。」

院長無意義地轉動著空酒杯，接著又道：

「我查了一下才知道，日迅人壽已經超過三年沒有接受綜合稽查了。聽說目前還在推動子公司的設立，讓我有些擔心在當前情況下，是否適合進行這項業務。不如針對經營狀況做一個全面性的綜合稽查如何……」

徐翰烈單邊嘴角歪斜地上揚。金融監督院的綜合稽查與稅務調查一樣嚴重，一旦開始接受稽查，不僅會干擾到企業的營運，結果不合格時也會受到罰款等直接性制裁，進而間接波及到企業的聲譽，導致股價暴跌。

新的會計準則即將上路，各家企業都在努力加強財務管理。要是在這種時候浪費人力和時間配合綜合稽查，先前的所有計畫都將淪為泡影。這件事金融監督院院長肯定心知肚明，卻還向徐翰烈提出要綜合稽查的要求，擺明了就是要干涉他正在推行的新業務。

「本部長也知道的，我們金融監督院以保護善良消費者為第一要務。」

院長臉上的笑意更濃了。徐翰烈謹慎地觀察他的神色。假如他真的想對日迅人壽進行綜合稽查，大可不必這樣提前通知。聲稱要把消費者權益放在首位本身就很虛偽。話雖如此，對方似乎也不是存心打壓，透過迂迴隱晦的威脅來籠絡自己還比較有可能。反正，他這麼做一定是希望能達成某種協議。

徐翰烈卸下防衛，拿起眼前的酒瓶，院長隨即伸出酒杯。徐翰烈將透明的酒水倒進他杯子裡，爽快地答應：

「該查的話當然要查囉，那我們這邊是什麼時候、怎麼準備比較好？」

「嗯……我想另外討論一下日期和方式，本部長什麼時候會有空呢？」

提起綜合稽查一事果然是別有目的。徐翰烈眼中帶著嘲諷，嘴唇勾起一道彎彎的弧度。

手腕高明的企業家能夠爲了達成目標不擇手段，徐翰烈也不例外。

「看您想要約什麼時候，我隨時奉陪。」

「ＯＫ！結束！」

「辛苦了！」

導演發出最後的ＯＫ指令。屏息觀看的工作人員爭先恐後地互道慰勞之詞，疲憊不堪的臉龐紛紛綻放出燦爛的笑容來。留在現場的演員們也都笑得十分開心，不停鼓掌歡呼著。長達四個月的苦難，終於在這一刻畫下了句點。

首次挑戰一人分飾兩角的白尚熙也是忙著和身邊的人道謝。這是他今年繼《人鬼：The Revival》之後的第二次殺青。他在這一百多天的時間裡往返於兩個片場，忙得昏天暗地，這一切終於結束，一股顫慄與喜悅之情，還有無法言說的空虛及無力感都在此時湧了上來。他靜靜地站在一處，心中感慨萬千，腦袋有點輕微的昏眩。這是他氣力完全耗盡的證據。只願這部凝聚眾人大量血汗所打造出來的作品，屆時能讓觀眾留下美好的感受。

不一會，姜室長過來在白尚熙肩膀上披了件外套，又親手擰開礦泉水瓶蓋後遞給他。

「真的辛苦你啦，建梧。」

姜室長一臉欣慰地看著順利完成地獄式拍攝行程的白尚熙，莫名有些難為情地拍了拍他的背。儘管硬是避開視線，還是可以看到姜室長眼眶已經紅了一圈。外表看不出來，姜室長其實有顆纖細感性的心，這次也是比當事人白尚熙還要感動，禁不住哽咽。白尚熙輕笑著回說：「姜室長也辛苦了。」臉上顯現出掩飾不住的疲憊。由於最後尾聲階段是不分晝夜地在全力拍攝，他累到現在連動一根手指頭的餘力都沒有。

本來想打聲招呼就走，還在分享拍攝回憶的工作人員們唱著祝賀殺青的歌曲，捧了個蛋糕過來，為包括白尚熙在內的演員們獻上大把的花束。等他們唱完歌曲後，白尚熙一起吹了蠟燭，眾人再度互相鼓勵說著「大家這段期間真的費了許多苦心」之類的話語，也有不少工作人員激動落淚。畢竟所有人在整段拍攝期間同甘共苦，每天相處時間比家人還多，如今即將各奔東西，難免傷感不捨。

「我們會在附近的百年花園餐廳舉辦一個簡單的慶功宴，請盡量來參加喔，這段期間真的是辛苦大家了！」

副導演的嗓音響徹了亂哄哄的攝影棚。三三兩兩聚在一起互相安慰的人們慢慢開始進行收拾工作。白尚熙和姜室長也再次對周圍的工作人員們道謝致意，然後往保母車走去。

「聚餐怎麼辦？」

「我今天要直接回去休息了，最近都沒睡覺，我連一個小時都撐不了了。」

「那就回家吧，肚子餓不餓？你不是壓力大的時候就會開始狂吃東西嘛，要不要去哪吃個飯再回去？」

「現在這麼晚了還能去哪裡，我會自己想辦法的，就直接回家吧。」

「好啦，到家之前你先瞇一下吧。」

白尚熙雖然應聲答好，卻又掏出了手機，第一件事就先確認有沒有徐翰烈的未接來電。手機上面沒有新的來電紀錄。連半天前傳的訊息都還是未讀狀態。說要對公司的經營體系進行徹底改革的徐翰烈，看來也是忙到不可開交。

由於這陣子行程日漸緊湊，白尚熙最近幾天甚至回不了家。現場拍攝無法照著進度走也是無可奈何的事，每天都只能在行進的車子裡睡覺，或是趁拍攝等待的空檔稍微補個眠而已。他甚至想不太起來最後一次和徐翰烈面對面說話是什麼時候的事。

如此一來，照顧徐翰烈吃藥的工作也落在楊祕書身上。雖然白尚熙一有時間就會打給楊祕書，跟他確認徐翰烈有沒有按時服藥、身體狀況如何，但畢竟沒有親眼確認，總是感到放心不下。

『**我拍攝剛結束，你在哪裡？如果還在公司的話我去接你。**』

白尚熙在他跟徐翰烈的聊天室裡又傳送了一則新訊息，眼睛始終鎖定在對話框前面顯示的「未讀」上。可是幾分鐘過去了，訊息還是一直沒被讀取。

他瞄了一眼時間，現在已經晚上十一點多，徐翰烈平常這個時間老早就到家了。白尚熙原本想馬上撥電話給他，卻又打消了這個念頭。徐翰烈這陣子就算在家也總是放不下工作，偶爾還會在深夜接到工作電話。萬一他正難得熟睡而未回覆，現在打去只會把他從香甜的睡夢中吵醒。與其這樣，不如早點回家親眼看看他還比較好。想到可以用雙手將他抱個滿懷，白尚熙在興奮之餘也感到一陣焦躁。

「叫你睡一下，你卻一副坐立不安的樣子是在幹嘛？怎麼，又聯絡不上徐代表了喔？」

「嗯，大概在睡覺吧。」

「當然已經睡了啊，現在都幾點了。你不能因為自己工作時間不固定，就以為正常上下班的人也都跟你一樣啊。」

「那個我怎麼會不知道，是因為想他所以才這樣的好嗎？」

「當然當然，你就別再折騰了，趕快睡吧，臭小子。」

態度嫌棄的姜室長關掉了後座的燈。白尚熙笑了笑，放鬆地向後癱在座位上。即使如此，在到家前他還是一直把那支沒消沒息的手機握在手裡，眼睛一刻也不曾離開過。

保母車在行駛了大約兩個小時之後開進了白尚熙公寓的停車場。由於時間也晚了，兩人簡單打完招呼就各自離去。

「小心慢走。」

「嗯，你也好好休息吧，有事情再聯絡我。」

白尚熙朝姜室長隨便揮了個手便走進電梯。或許是因為總算回到家的那種安心感，身體變得比之前還要沉重無力。他在心中盤算好，一回到家先去洗澡，然後就可以把徐翰烈緊緊抱在懷裡一起睡到天荒地老。電梯抵達前的短短幾秒鐘感覺前所未有的漫長，以至於他還在腦中模擬了一遍待會的動線。

開了鎖進門，頭上的玄關燈自動亮起，撲面而來的是熟悉又懷念的香味。白尚熙的嘴角自然而然勾起了微笑。

正想衝進屋內的他，卻因為一股異樣的違和感而猶疑不前。他習慣性地瞥了一眼玄關，卻沒看到徐翰烈的皮鞋。徐翰烈是很愛乾淨的，但也頂多是把脫下的鞋擺放整齊而已，他沒有潔癖到會把鞋子收進鞋櫃裡眼不見為淨的程度。

「翰烈啊。」

白尚熙走進去時故意喊了一聲。通往客廳的走廊亮起微弱的感應燈，照亮了腳下的區域，是唯一能辨識周遭的光源。這讓他更覺得不安和不對勁。

「我回來了。」

白尚熙打開了客廳的燈。徐翰烈經常在沙發上邊打瞌睡邊等他回來，但沙發現在是被拍整收拾過的狀態，找不到有誰曾經坐過的痕跡。

白尚熙徑直走到臥室猛地打開門，只見床單也是乾淨平整得沒有一絲皺摺。他繼續跑到臥室裡的浴室、客廳的浴室、更衣室等所有徐翰烈可能會在的地方查看，還是完全不見徐翰烈的身影。浴室裡甚至沒有殘留的溼氣或使用過後的水痕，彷彿在他不在家的這些天，沒有任何人來過這間屋子似的。

難道是因為工作忙到沒時間回家嗎？徐翰烈雖然動輒口出惡言，偶爾會有漠視工作倫理的時候，但他在工作方面從不馬虎。他認為先天性心臟病是自己的弱點，並且在這件事已被社會大眾知曉的情況下，不想再製造其他會落人口實的藉口。

或許因為這個因素，徐翰烈加班的次數越來越頻繁，時常在深夜才悄悄回到家。白尚熙不只一兩次等他等到不小心睡著，因他爬上床或鑽進自己懷裡的動靜而醒來。

可是那種情況頂多也是十一、二點的事，現在已經快凌晨兩點，就算事情再多也不可能在公司逗留到現在。會是徐家那邊出了什麼事嗎？還是像上次那樣為了方便去飯店過夜也說不定。

「……」

反覆進行了種種揣測之後，白尚熙打了通電話給徐翰烈。但是他沒聽到期待的回鈴音，手機直接傳出您的電話無法接聽的語音提醒。白尚熙立刻聯絡楊祕書，雖然現在很晚了，但他必須馬上得知徐翰烈此刻的行蹤他才能放心。能夠通知他徐翰烈消息的人就只有楊祕書了。

然而，楊祕書那邊竟然也響起無法接聽的語音訊息。白尚熙很驚慌。總有聯絡不上徐翰烈的時候，但楊祕書可是無論何時都和自己保持著聯繫。據他所知，楊祕書的手機是二十四小時不關機的。就那麼一次，徐翰烈突然從白尚熙身邊人間蒸發，那次是白尚熙唯一聯絡不上楊祕書的時候。是不是真的發生了什麼事？不管做了再多的假設，白尚熙怎麼也想不通，為何兩人的手機會在這凌晨時刻同時關機。

白尚熙就像在自己家中迷失了方向，不知該何去何從，頓時又快步走向更衣室。他猛然打開更衣室的門，開了燈，檢查徐翰烈的東西還在不在原位。他清楚記得的幾件衣服不見了。假如那些衣服是拿去送洗的話，就無法解釋為何手錶和皮帶也跟著一起消失。他強行壓下內心不斷膨脹的不安，打開最裡面的多功能收納櫃。就連徐翰烈離開療養別墅和他一起搬來公寓時用的行李箱都沒了蹤影。

正要急忙返回客廳的時候，更衣室對面的牆上有樣東西吸引了他的視線。那裡掛了一幅他不曾看過的畫。畫布上布滿了各種深色顏料，筆觸粗獷厚重，其中又有許多地方斑駁地塗上了色彩飽和的斑點。是徐翰烈買來掛的嗎？

白尚熙缺乏所謂的藝術眼光，因此完全不懂如何欣賞或接受這類繪畫或藝術品。他不清楚爲什麼，這一幅蘊藏著抽象意涵的畫作，感覺就像是一堵牆一樣。徐翰烈是在哪裡、在什麼情況下帶回來的，他無從得知，而這件堂而皇之進駐他們兩人空間的物品所引發的陌生感，異常沉重地壓在他的胸口。看著那幅畫，莫名的生疏感讓他越來越心亂，不禁在畫前佇立良久。要是徐翰烈能事先告訴他，像以前那樣分享生活中所有瑣碎的日常，他此刻的心情是否就不會這麼糟糕了？

儘管名義上是徐翰烈的戀人，白尚熙卻對他的近況一無所知，不了解他最近有什麼煩惱，為何忙碌奔波，甚至不知道他現在身處何地、在做些什麼。除非徐翰烈願意主動告知，不然白尚熙仍無法隨意進犯他所劃定的界限。

白尚熙只不過是希望徐翰烈能盡量以健康的姿態，盡可能地與他共度長久的時光。為了讓徐翰烈能盡情享受自己想要的生活，他打算不遺餘力地給予支持和幫助。白尚熙相信，徐翰烈的心願與自己的追求應該大致相同。然而，隨著他不知道的事情一件件增加，內心的複雜情緒便越是糾結，令他無所適從。

腦海中突然掠過了某個念頭。白尚熙當場抓了車鑰匙出門。他坐上只有要和徐翰烈約會時才會用到的那輛車，把車開出地下停車場。

車子在夜幕的籠罩之下沿著道路奔馳，最後抵達日迅人壽辦公大樓的前方。由於是深夜，辦公室全部都是熄燈狀態，有燈光的地方只有建築物周圍的照明和大廳的警衛區域。徐翰烈不可能孤零零地在漆黑的辦公室裡加班，睡覺時特別敏感的他也不可能克難地睡在那裡。

白尚熙回到車上朝著日迅飯店開去。平時人來人往的大廳在深夜裡顯得過分冷清，值勤人員們的注意力全集中在突然出現的白尚熙身上。他顧不得旁人地四處張望著，接到櫃臺通知的 VIP 服務經理趕緊迎了上來。白尚熙前不久來找徐翰烈時，也是由這位經理出來接待的，因此他們識得彼此。

「您好。」

「你好，請問翰烈今天也來這裡了嗎？」

「沒有耶，今天沒有過來喔。」

白尚熙分不出自己是鬆了口氣，還是失望，抑或是其他別的心情。過去不好的回憶湧現在他腦海。徐翰烈第一次約白尚熙見面的地方就是這家飯店，在包養白尚熙的期間，他曾帶了別的女人來到這裡。不久前，徐翰烈放著好好的家不回，突然跑來這裡過夜時，白尚熙也發現了他人造訪的跡象。那時，徐翰烈甚至對他撒謊，堅稱沒有人來過。

白尚熙不擅長懷疑他人。應該說，別人就算在背後搞什麼名堂，他一向都不在意。是以他不明白攪亂自己內心的這種情緒究竟是什麼，也不懂得該從何逃離這股總是讓他變得不再像自己的湍急洪流。

「那之前那間套房現在是空著的囉？」

「據我所知是空房沒錯，可是請問是有什麼事……」

「我可以進去看一下裡面嗎？」

「進去房間裡？」

突如其來的要求讓經理瞪大了雙眼。白尚熙甚至從頭到尾都沒有向他說明理由，態度相當堅持。

「不方便的話，我可以付錢在那間套房住一晚。」

「不是，您其實沒有必要這樣……」

「畢竟不能讓經理為難。」

白尚熙掏出信用卡伸了過去，再次拜託不斷婉拒的飯店經理。到最後經理也拿他沒辦法，只好順著他的意思為他辦理入住。一般客人的話，飯店是絕對不可能答應這種要求的，可是因為對方是白尚熙，名義或實質上都算是日迅家族的一員，而且還和徐翰烈感情甚篤。

拿到房卡的白尚熙獨自上樓前往徐翰烈最常去的、幾乎等於他專用的那間套房。既然房卡在自己手上，顯然代表徐翰烈人不在這裡，白尚熙卻非得進到房內，親眼確認裡頭空無一人的事實。他在房間裡深吸一口氣，除了飯店所使用的空氣芳香劑之外，一絲徐翰烈的味道都聞不出來。

白尚熙不由得長聲嘆息。他現在迷茫不已，不知還能上哪去找人。是不是該到徐家去找看看？明明成了徐翰烈關係最親密的人，卻依然不知道應該要去哪裡才找得到他。昔日曾籠罩在白尚熙身上的一種無力感，又一次從腳下爬上心頭。

就在他無法靜下心來坐著，只能茫然呆站的時候，手機忽然震動了。他彷彿從催眠中驚醒一般，匆忙翻找口袋掏出手機，螢幕上顯示的竟然是徐翰烈的名字。生怕慢一步會錯過這通電話，他迅速按下接聽鍵，指尖反常地微顫著。

「你怎麼馬上就接起來了？沒有在睡覺嗎？我還以為你回到家就會立刻昏睡過去。」

「翰烈啊，你為什麼、家裡……」

與徐翰烈一派自然的語氣形成強烈反差，白尚熙脫口而出的字句毫無條理。亂糟糟的大腦無法過濾言語，一股腦地吐露出急切的心情。

「啊，忘記先跟你講了，我現在在出差。」

「出差？你現在是在哪裡？」

「南非。」

完全脫離預測的地名讓白尚熙的思緒更加混沌。他從來沒聽說過這件事。不是，徐翰烈都說是他忘了講，自己不知情也是理所當然。但就連三天前最後一次見面時，徐翰烈也沒提到任何關於出差的暗示。

慌張失措的白尚熙又問了一個傻問題：

「為什麼要去南非？」

「什麼叫為什麼，當然是來工作的啊。」

徐翰烈不禁啞然失笑。聽到那讓人心癢的笑聲，白尚熙才終於找回了一點理智。隨即，他開始意識到他至今都在被自己的胡思亂想帶著跑，追逐著某種幻影在大半夜來到此地，不禁整個人都洩了氣。

白尚熙於是頹坐在沙發，拿手遮住了眼睛，吁出嘆氣般的吐息。

「我們想要發展的業務領域裡有家龍頭公司，總部設在在南非。我們跟對方表示想要盡快建立合作關係，結果他們馬上就安排了一次會面。你拍戲到了尾聲，忙得沒日沒夜的，我也是匆匆忙忙趕著出發，所以沒機會提早告訴你。剛才在機場已經跟他們那邊的人開過會，現在正要去吃晚餐。」

「那你應該很累吧。」

「哪比得過連續拍完兩部戲的演員啊？我還想說這樣真的行得通嗎，結果你還真的成功辦到了。反正喔，白尚熙的體力果然驚人。」

「所以你什麼時候回來？」

徐翰烈似是稱讚又像調侃的話都還沒說完，白尚熙就急著追問他何時回家。雖然語調和平常一樣緩慢，但還是聽得出來其中暗藏的焦慮感。徐翰烈有些訝異，乖乖答道：

「馬上就要回去了，只待一下下而已。本來就不能離開公司太久。」

白尚熙又長吁了一口氣：「藥呢？」這句提問幾乎要被他的呼吸聲給埋沒。

「當然有按時吃啊，我差點以為跟在我旁邊的不是祕書，是個會走路的鬧鈴咧。」

徐翰烈像是存心要說給旁邊的楊祕書聽一樣，嚷嚷完忽然又壓低了嗓音，問白尚熙說：「怎麼了？」俏皮的聲音聽起來與往常沒什麼不同，語調卻是明顯放軟：

「發現我不在，你嚇了一跳？」

「嗯，嚇到了。」

沒有任何佯裝修飾，白尚熙坦率地承認，也照實傾訴他在那當下慌亂無主的心境：

「我還以為你又突然消失，跑到了一個、我不知道的地方去。」

徐翰烈這時似乎也察覺到他的不對勁，原先含著笑意的聲音一下子變得嚴肅起來：「……什麼啊，發生了什麼事嗎？」

「沒什麼，只是……因為很想你。戲一拍完，我就立刻衝回家想要抱你，沒想到你卻不在。」

「呿，撒什麼嬌啊。看來我得快點回去才行了。」

「嗯，你趕快回來。」

白尚熙像個孩子一樣央求著。大概是覺得他太誇張，徐翰烈爽朗地放聲而笑。那邊很快傳來其他人斷斷續續的說話聲，好像是楊祕書在提醒徐翰烈說他們到達目的地了。

徐翰烈回說：「知道了。」然後再次安撫白尚熙：

「你一定也很累了，多吃些想吃的東西，好好休息，我會盡快結束工作趕回去的。」

「好。」

最後說完之後再聯絡，徐翰烈便掛了電話。白尚熙捏著不再發出聲音的手機，隔了許久才從耳邊拿開來。他點開最近通話紀錄，看著排在最上方徐翰烈的名字發呆。

徐翰烈唯獨在面對自己時軟化的態度，或他表現愛意的方式、深度、濃度，一切都和從前一樣，沒有改變，可是為什麼自己卻老是這麼急躁不安呢？近期持續折磨著白尚熙的這股來歷不明的匱乏感，使他難以入眠。

✦

「蛤？你怎麼吃一半就不吃了？」

咬了一大口漢堡在嘴巴裡的姜室長露出看見奇景的表情。通常情況下能一次輕鬆解決掉三、四個漢堡的白尚熙，今天卻吃得特別慢，最後竟然連一個漢堡都沒吃完就放了下來。

好不容易迎來一個假日，姜室長聽說他在家什麼都沒吃，只知道要睡覺，所以才買了一堆手工漢堡來找他。那天殺青後載他回來時，他雖然人看起來多少帶點疲態，可是卻莫名顯得有些雀躍。

然而，今天姜室長眼前的白尚熙，完全不復幾天前的模樣，顯得意欲全無。問他為什麼這麼死氣沉沉的，他卻答非所問地回：「徐翰烈出差去了。」嚴格來說，其實也不算是毫不相干的回答。但他都幾歲的人了，既不是幼童亦非不會說話的寵物，不過是跟另一半稍微分開個幾天，有必要這麼消沉嗎？

這樣還不夠，白尚熙拿起礦泉水漱了下口，又加了一句：

「沒什麼胃口。」

「哎唷？」

這真是姜室長聽過最荒謬的一句話了。白尚熙竟然失去了胃口，而且還一副愁眉不展的樣子。被誰看到的話，恐怕要以為徐翰烈住進哪間醫院的加護病房了。雖然沒有表現出來，但要消化那麼緊湊的行程，他必定承受了很大的壓力，再加上要和徐翰烈共度愉快時光的計畫臨時泡湯，心情自然更加鬱卒。

假如是平常的他，應該會吃到再也吃不下為止，然後做些流汗的運動把那些食物全部消化掉，接著直接倒頭呼呼大睡才對。當初徐翰烈忽然消失不見的時候，就算吃的東西會通通吐出來，他也還是猛往嘴裡塞，盲目地企圖用食物來填補那份空虛。這幾乎是他用來克服難以處理的壓力、煩惱和情緒的唯一一種方法。他就像一個除了食欲、睡眠、性欲等基本生存需求之外，沒有其他更高層次欲望的人類。他曾經是活在這樣的慣性裡。

那樣子的白尚熙，到底經歷了什麼變化，竟讓他連本能的求生意志都喪失了。難道是有什麼重大的憂慮嗎？姜室長不禁開始擔心了起來。

「你這小子，到底是什麼事啊？」

「我怎麼了？」

「你是不是有什麼擔心的事？」

「有什麼好擔心的，沒有啊。」

「這個樣子還說沒有！」

「我又沒怎樣。」

「怎樣？心事全都寫在你臉上了好嗎！你就老實講出來吧。好歹我也比你多活了好幾年，不至於沒辦法分擔你的煩惱吧？之前不是也得到了我很多幫助嘛。」

姜室長過度地自我吹噓著。戀愛初期的白尚熙什麼都不懂，一下便慌了手腳，確實是有聽取了姜室長的意見獲得一些助益。當時不管徐翰烈做什麼，白尚熙都覺得可愛至極，還因此被姜室長嫌棄，說談個戀愛而已，用不著這麼誇張。如今姜室長反倒拿那時候的事情來說嘴。白尚熙無奈地笑了笑，隨手把玩著無辜的礦泉水瓶。又過了好些時間，他總算是開了口：

「不是擔心，是莫名覺得有點不安。」

明明是在吐露心聲，他的口吻卻充滿了不確定感。

「不安？為什麼？」

「我也不知道。」

「你自己的感覺，你自己不知道？」

白尚熙慢慢地點了點頭，接著看向掛在牆上的某幅畫，好似在自言自語：

「太模糊了，很難具體形容，更沒辦法用什麼說法來確切定義……我也不清楚這到底是什麼心情。」

「那你說明看看那種模糊的感覺啊，是在什麼時候覺得不安、希望哪些事情變成什麼樣子，這些不是大概可以形容得出來嗎？」

姜室長非常認真地在說服著白尚熙，甚至放下了手中的漢堡，一臉嚴肅地觀察白尚熙的臉色，眼神像在擔心他是不是在自己沒留意到的時候得了憂鬱症或恐慌症，還是碰上職業倦怠了。

白尚熙思索了一會之後，搖頭表示否認。

「算了啦。」

「怎麼可以就這樣算了！」

「我怕說出口之後會變得更加疑神疑鬼，好像真的會成為現實……我還是不說了。」

「所以到底是什麼事嘛！」

再怎麼追問，白尚熙都默不吭聲，只是又喝了一口水，然後一把捏扁了喝光的礦泉水瓶。這是他平常不會做出的舉動。

一直在觀察他臉上神情的姜室長忽然試探性問道：

「建梧……你是不是也看到那個了？」

「……那個？」

「就是那個啊，YouTube上面的影片。」

「沒有，怎麼了嗎？又有人提到我的事了？」

姜室長擺了擺手，表示說既然不知道那就別管了。白尚熙繼續逼問他是什麼影片，他只回說沒什麼，頑固地保持緘默。兩人的立場這下顛倒了過來。不同的是，姜室長並不像白尚熙能夠把事情全憋在心裡。

「真的沒什麼，就是有人又不知道在哪裡聽到了奇怪的不實謠言，然後在網路上散播啦。最近爆料系頻道不是惹出很多爭議嘛。」

「真的是不實謠言嗎？」

「就說你以前都在娛樂場所工作，然後在演藝圈相關人士提拔之下出道，從那時候開始一直有財閥企業家在當你背後的贊助商什麼的，又說你現在是某企業會長夫人包養的對象之類，都是一些毫無根據的八卦。」

「聽起來不完全是毫無根據的內容啊？」

「你怎麼能這麼老神在在地說出這種話啊？反正那些人喔……就是見不得別人好啦。」

姜室長沒好氣地拿起漢堡用力咬了一大口，把兩頰塞得滿滿，大聲地咀嚼洩恨。身為一名經紀人，工作時壓下自己的脾氣早已成為他的職業習慣。

白尚熙不在意地拿出手機點開 YouTube。儘管姜室長在旁邊一直叫他不要看那種東西，他仍無視對方的勸告，在搜尋欄輸入自己的名字。無奈搜出來的東西實在太多，找不到有問題的那部影片。白尚熙想了一會，從姜室長剛才提到的內容當中提取線索，試著搜尋「演員、娛樂場所、贊助商」。

最上方馬上跳出了某個影片，是一個叫文成植的前記者YouTuber所上傳的內容。他的頻道雖然是近期開通的，但訂閱人數不少，每部影片的觀看次數也很高。白尚熙看了頻道的介紹之後大概知道了原因——文成植之前似乎在知名八卦爆料傳媒《The Catch》工作過。

白尚熙播放提到他的那部影片，上面只有他的剪影，並沒有直接提到他的名字或縮寫字母。可是影片中提到的這位男星以模特兒身分出道，迅速累積了知名度，並且正要在演藝圈站穩腳跟時發生了很大的爭議事件。經過幾年的自省沉澱，他復出後接連演了好幾部完全超越以往作品的熱門大作，走上了成功之路——從這些重點，可以推測出影片所說的就是白尚熙。

「那名記者，以前報導你和徐代表一家的關係時，還把你們寫得很不錯的說，真不知道他現在為什麼要這麼做。我就是因為這樣，才這麼討厭那些臭記者，每次必須要巴結討好他們的時候我都快煩死了。」

「啊，這個人就是之前的記者？出獨家報導的那位？」

「我本來也不曉得，後來才聽說就是他，真有種背後被捅刀的感覺啊。不過你不用擔心，公司有在密切注意這件事，應該很快就會制定出對策，有必要的話也可以向他提告。我看他啊，純粹只會亂耍嘴皮子，根本也拿不出像樣的證據，而且大家好像也不是很相信他說的話。這個世界呢，本來就是爬得越高，敵人越多，旁邊總有一堆人想要拉你下來。」

姜室長在一旁安慰個不停，白尚熙本人卻絲毫不受影響。儘管那些惡意傳聞在他不知情的情況下在外流傳，極力隱藏的過去有可能遭到揭發，他還是相當淡然。特地點開來的影片最後也沒看完，看到一半就把手機扔到一邊去。

「……你不在意嗎？」

「有什麼好在意的，其實他說的也不完全是假話。最近我甚至覺得，乾脆全都公之於眾，好像也不壞。」

「喂，再怎麼樣也不能……」

「我知道，我也明白這種想法很不成熟，只是覺得那樣好像會更心安理得一點。」

總感覺他不是隨口說說而已，好像也對一切實情真相大白會導致的後果有所覺悟。難道他已經倦怠到不惜承受那些代價的地步了？

假如白尚熙的不安並非源於他事業上的成就，那麼就只剩下一個原因了——徐翰烈。若是說此刻白尚熙的世界裡就只有工作和徐翰烈這兩件事，那也毫不為過。可是他和徐翰烈不是處得好好的，恩愛到旁人看不下去的程度嗎？

無論姜室長怎麼反覆琢磨，都猜不出會讓白尚熙感到不安的理由，更無法理解他寧願放棄擁有的一切也想消除那份不安的心態。姜室長一直覺得他像顆飄蕩的氣球，飛到一半暫時被勾在某處。若那纏繞的細繩一斷，他隨時可能遠遠高飛，就此消失在天際，教人看得膽跳心驚。然而最近在徐翰烈身邊的他不僅找到了安定感，也開始想在工作上有所表現，但不曉得這樣的轉變是出自什麼原因。

姜室長始終用憂慮的眼神盯著白尚熙瞧。白尚熙這時霍然起身。

「姜室長你該走了。」

「為什麼，你又要睡覺了？不是啊，你根本什麼都沒吃……」

「我得準備出門了。」

「你要去哪？徐代表不是還沒回來嗎？」

「試鏡是今天對吧？」

姜室長剛回他：「你在說什麼啊？」語畢頓時想起了《Spotlight》那部片。白尚熙拿到劇本之後什麼話也沒說，姜室長還以為他沒有要接演的意思。畢竟去試鏡也不能保證一定會拿到角色，對他來說不是百利而無一害的好事，因此姜室長也沒有特別慫恿鼓勵。

「你真的想接那一部？」

「不然還是算了？」

聽到他的反問，姜室長張了張嘴又重新閉起來。冷靜下來思考的話，這可是絕無僅有的大好機會。如果白尚熙能順利拿下這個角色，他將有機會進一步擴大和鞏固他的演員地位。

白尚熙輕易地看穿姜室長的內心想法。

「姜室長也希望我去演不是嗎？」

「你是那種我希望你做什麼你就會去做的人嗎？到底是為了什麼？你是真心想演那部片子？平常不是一逮到機會就吵著說要休息？」

「姜室長，你有沒有做過一種心理測驗，假設地球發生危機，必須立即逃生，可是只有一艘飛行船，所以要在有限的名額限制下，決定誰可以優先登船。」

「你又在說什麼了，沒頭沒腦的。」

不懂話題為何會突然從試鏡變成諾亞方舟，姜室長擔心白尚熙是不是真的哪裡生病了，把他從頭到腳仔細地審視一遍。白尚熙稍稍聳了個肩，自顧自地把想說的話接續下去。

「我以前覺得這是個沒意義的問題，現實生活中根本不會發生，就算真的發生了，也不是自己能決定的，所以從來沒有去細想過。但最近，這個問題不時浮現在我腦海中。當時單純覺得就讓想上去的人先上去就好啦，然而其他人對於這個取捨問題卻非常投入，苦惱了很久。通常遇到這種抉擇時刻，應該都會先捨棄掉對自己來說最不需要的東西吧？那種丟了也無所謂、最沒有價值的東西。」

「建梧啊，你到底是想說什麼……」

「這就是理由。」

「什麼理由？」

「想說，如果我能夠去試試看的話，是不是就會有所改善。」

直到最後也沒把話說清楚，白尚熙說完這些意義不明的話便進了浴室。姜室長不禁發出無言以對的嘆氣聲。

「這小子到底又是哪根筋不對了，實在是搞不懂他。」

姜室長拚命地灌下那瓶無人認領的可樂。

「真的不用陪你進去嗎？」

白尚熙和姜室長兩人在製作公司的停車場裡發生了不合時宜的爭吵。姜室長說要跟著進去，白尚熙說他自己進去就好，雙方意見僵持不下。

「我又不是什麼未成年，其他來試鏡的人也都是一個人來的，帶著姜室長一起去，反而會讓人覺得沒誠意，只會拉低分數吧？」

既然都標榜是盲選了，一來就宣揚存在感確實是沒有什麼好處。雖然當初試鏡的人選中有一部分是製作公司內定後邀請來的，但也有些是以自身實力通過初選的新人，最好還是做好萬全的準備。姜室長似乎也同意他的說法，做出了讓步。

「那我在附近等你？」

「又不知道什麼時候才會結束，姜室長就先回去吧。反正本來就沒什麼好跟的。」

「你要是剛出道的新人我有必要這樣嗎？你試鏡結束之後打算怎麼回家啊？」

「總是會有辦法的，姜室長又過度保護了。我走了。」

說完，白尚熙瞬間開門下車。關上門前他看了姜室長一眼，像是要讓對方放心似的補上了一句：

「晚點再聯絡。」

他關上車門，來到製作公司事前公布的地點。電梯門一開，前方隨即是報到處。坐在那裡負責接待的工作人員看到他，「哇」的驚呼了一聲。白尚熙朝對方點了個頭問好。

「我是來參加試鏡的。」

「啊……沒想到您會來耶，因為完全沒有收到通知。」

「要先聯絡過才能參加是嗎？」

聽到他這個問題，工作人員露出一個有點尷尬的笑容：

「是沒有這樣規定。不過您知道今天是盲選試鏡嗎？」

「知道，我有聽說。」

「那請在這裡領個號碼牌，在報到欄旁邊留下您的聯絡電話。今天的試鏡劇本放在會場的桌子上，有五分鐘的準備時間，到時請配合指示演出就可以了。另外這一份是試鏡的相關說明。」

「謝謝。」

白尚熙向工作人員領取文件之後朝著等候區走去。這裡的每個座位都有用隔板檔起來，所以看不到旁邊的人。白尚熙在等待輪到自己的同時，把手上的試鏡規則說明讀了一遍。

《Spotlight》的最終試鏡分成了兩個階段。演員首先會進入一個沒有攝影機的房間，單純用聲音演繹某個特定場景。接著，第二輪的盲選則是在一間設置大量鏡頭的空房間內表演指定的情節。這樣的策略旨在建立一個公平、透明的選拔機制，讓每位參加者都能獲得平等的機會。

「十六號參加者請進。」

等了一段時間就輪到了白尚熙的號碼。他默默從座位上站起來，跟著牆上的箭頭走，眼前很快出現一扇大門。他毫不猶豫地推開門，門意外的厚重，並非一般的材質。稍嫌狹窄的內部空間配置了完善的隔音設施和音響設備，絲毫不輸給外面的錄音室。

「請移動至麥克風前方。」

白尚熙按照喇叭中傳出來的指示走近麥克風。正如報到處工作人員所說的，前方的桌子上擺著需要演員用聲音詮釋演技的劇本。

「請在五分鐘內熟記劇本，然後在五分鐘後開始表演。」

聽完接下來的說明，白尚熙安靜地看著劇本上的內容。光看場景說明和對話，他就知道是哪個段落了，因為他對這個場景印象十分深刻。

《Spotlight》的主角「永軾」是獨立運動人士的後代，他雖然是孤兒，但在北韓政府的援助下成長為一名革命戰士。對領導人一家忠心耿耿，能力也受到認可的他一路晉升，並命運般地認識了一個女人，和對方組成了幸福的家庭。

然而，他們遲遲無法順利擁有孩子，費盡千辛萬苦好不容易懷上的兒子卻生來就患有重病。永軾想盡各種辦法企圖治療孩子的疾病，但看過的所有醫生都告訴他們孩子怕是活不過十歲生日，令夫妻倆絕望不已。

永軾在這時得知南韓成功完成相關疾病治療的臨床試驗研究，於是向北韓政府求助。沒想到政府卻無視他的懇切請求，還反過來懷疑他變節。永軾只好決定與妻子一起逃離北韓，以拯救他們唯一的親生兒子。

永軾一家克服生死難關，好不容易成功逃出了北韓。可惜這股喜悅並沒有持續多久，他們遭到信任的仲介人背叛，他的妻子因此被中國警方逮捕。永軾遵循妻子最後的囑咐，獨自帶著兒子前往南韓。

永軾的脫北故事在媒體的曝光之下廣為人知，政界與醫界爭相朝他們伸出援手。就這樣，永軾的兒子順利接受了治療，但南韓政府擔心他在達到目的之後會再度回到北韓，此後，永軾便一直活在南韓政府的監視之中。

隨著時光流逝，南韓政府對他的監控逐漸鬆懈，社會對父子兩人的關心也漸漸冷卻。由於永軾很擔心被送回北韓的妻子，別說是上節目了，他甚至沒有提供南韓政府要求的軍事情報以換取額外的支援。他找不到適合的工作，只能輾轉從事臨時工。他兒子的病竟然在這時再度復發，永軾因此再次向周圍的人尋求幫助。但是情況不同了，這次誰也不願傾聽他的聲音。這個世界變了，人們的注意力或興趣總是迅速地從一個地方轉移到別處。永軾只好苦心思索著該如何才能再度成為話題的焦點。

《Spotlight》講述永軾這半個異鄉人，為了追逐人生中最大的絕望與希望而踏入陌生國度的故事。作品將他內心的孤獨與慘烈鬥爭的過程，用時而平淡，時而詼諧，時而悲傷的情感捕捉下來。

白尚熙必須只用聲音來呈現的片段，是永軾被北韓政府拒絕幫助後，經過反覆的思慮苦惱，最終決定叛逃的情節。在長期的洗腦灌輸下，忠貞不渝的人民思想深植在永軾的腦海與骨子裡，正因如此，這番思考的轉變與選擇的過程，尤其引人入勝。

「十六號參加者，準備好的話要開始了，Ready……Action！」

喇叭裡傳出要他開始的信號。白尚熙在靜靜吐出一口氣之後，開始了他的表演。

繁忙的日子又接踵而來。白尚熙接連拍攝了之前推遲的廣告和畫報，還出席品牌活動，甚至為了戰勝突然找上門的失眠，一天做三、四小時的運動。考慮到年末即將開始的作品宣傳活動和新的工作行程，現在是該提前儲備一些體力。

徐翰烈說他再兩天就會回來。當地的工作進度據說延遲了不少，不過昨晚他和白尚熙通電話時的聲音聽起來非常開朗，大概是去到那邊的目的已經如願順利達成。

『你聽起來心情很好哦？』

『聽得出來？』

『嗯，呼吸聲感覺很輕快。』

『那你呼吸聲那麼粗重是在幹嘛？是不是自己一個人在弄？』

無厘頭的猜測逗得白尚熙大笑。他拍畫報拍到很晚才結束，躺上床卻還是沒睡意，正去外面跑了一圈回來。

『你去跑步？那裡現在不是深夜嗎？』

『因為我睡不著。』

『你不是很能睡的嘛，突然開始失眠？』

『好像吧，因為你不在身邊的關係。』

他突然拋出了一句真心話，電話那頭瞬間沒了聲音。一直沒等到對方回話，白尚熙還以為是斷線了，正要確認通話狀態時，徐翰烈才遲來地發出一聲嘟囔抱怨：

『你難得休息，結果我卻在出差。』

『覺得可惜？』

『廢話。』

『反正你就算沒出差也是忙到不行。』

『但也不至於連做愛的時間都沒有吧。』

『你還是這樣，每次都這麼不顧後果。』

白尚熙剛發出無奈的笑聲，徐翰烈忽然對他說要掛電話。白尚熙一時不解，還在發愣時，對方已擅自掛斷，隨後馬上改撥視訊電話過來。白尚熙按下通話鍵，徐翰烈的臉孔便出現在螢幕畫面上。可能是今天的工作行程還沒結束，他還是一身外出的整齊裝扮。

『待會還要去哪裡嗎？』

『嗯，慶祝這次合作成功，他們要招待晚餐。我等一下就要出門，所以剛剛才沒有用視訊打給你，不過這下子沒辦法了。』

『什麼東西沒辦法？』

『你弄吧，應該積了很多了吧。』

徐翰烈正面直視著鏡頭提出要求。要聽懂他的意思並不難，白尚熙只是覺得太過突然而已。

『現在？』

『嗯，沒什麼不可以的吧？反正你自己一個人在家，而且時間也很晚了。』

『我都還沒沖澡呢。』

『看得出來。』

『剛才跑步還流了一大堆汗。』

『這下更有看頭了。』

徐翰烈雙眼細細瞇起，咧嘴而笑，顯得肆無忌憚。白尚熙也不禁跟著輕笑，然後坐到了沙發上，先摘掉棒球帽，隨意撥亂些許壓扁的頭髮。緊接著，他撩起運動夾克裡面的T恤下襬，掀開翻至後頸，結實的上半身因此顯露無遺。由於才剛運動完，肌肉線條更加明顯，皮膚上也覆著薄薄一層汗水，看起來光滑油亮。也許是種錯覺，電話那一端變得安靜無比。

白尚熙直視著無法挪開視線的徐翰烈，慢慢抓住褲子及貼身四角褲的褲頭向下拉。他一點都不著急，帶著從容與耐心的動作，讓徐翰烈不動聲色地咬住了下唇。原本靜止的喉結也微微滾動了起來。

白尚熙將徐翰烈的每一個反應都烙印在眼底，悄然掏出了自己的性器。大尺寸的肉棒蠕動著，剛出場，手機裡的徐翰烈就露出竊笑，還說：「它好像也很高興見到我呢。」把白尚熙逗得嘴角大幅上提。

『是嗎？我看它是被冷落太久，覺得很不爽吧。』

白尚熙笑著低喃，一邊輕輕擼了下肉柱。另外一隻手則傾斜了手機角度，讓鏡頭能完整拍到他的臉及大腿根部。徐翰烈因此露出了更加滿意的神情。白尚熙專心盯著螢幕上的他，手裡同時抓著性器擺弄，腦中頓時浮現過去的事情。就在他和徐翰烈重逢後沒多久，也曾發生過類似現在的情況。他回憶著當時的情景，忽然提議：

『這次可不可以給我看了？』

『看什麼？』

『我想看你的奶頭。』

『怎麼了，沒配菜不行喔？』

『我現在不但摸不到你，也聞不到你的味道。』

『這樣我衣服會亂掉欸。』

徐翰烈一臉的不甘願，猶豫不決，可是一被白尚熙求說：「好不好嘛？」旋即發出輕嘆並解開了領帶。他打開幾枚襯衫鈕扣，把衣襟往右邊肩膀掀開。白得像圖畫紙的肌膚上，那淺粉紅色的疤痕與乳頭看起來特別顯眼。

『可以了吧？』

『嗯，非常可以。』

白尚熙目光筆直盯著徐翰烈，重新撫摸起自己的性器。可能是好一陣子沒有徹底抒解欲望的關係，性器氣勢洶洶地快速充血變硬，從根部到頂端都紅到不行，發燙成暗紅色的柱體。頃刻間，那股酥麻的感覺已擴散至大腿以及整個下腹部。

『哈啊、哈呃、呃……』

伴隨越漸急促的呼吸，他的手動得越來越快。如同要爆炸般膨脹的大腿肌不由自主地隆起抽動。每一次呼吸都會跟著起伏的腹肌和胸壑變得更加深淺分明。白尚熙忍受著一陣微弱的眩暈感，伸出舌尖掃過乾澀的嘴唇內側，垂著一雙魅人的眼，迷濛地俯視著徐翰烈。看著白尚熙動情的模樣，徐翰烈臉頰也隱約出現一抹潮紅。為了好好露出胸部而緊揪著襯衫衣角的指尖亦若有似無地蜷縮。

白尚熙緊咬牙根，強忍著亟欲爆發的衝動，接著猛然用自己勃發的性器對著手機畫面一陣戳弄。見他這番超出預料的舉動，徐翰烈罵了句：「什麼啦！」忍不住放聲大笑。同時他也把手機湊到面前，讓自己的臉能填滿整個螢幕，因此得以形成白尚熙的性器對著徐翰烈臉蛋搓揉的景象。

『呃、呃、嗚嗚呃……！』

沒多久，白尚熙的背就開始大幅聳動，腹部和大腿也脹得厲害。下一刻，根本無暇阻止，濃稠的精液已噴射在手機上。由於徐翰烈的臉還是充斥著整個畫面，看起來就像是對著他顏射。

『哈啊、哈啊……』

白尚熙呼出混濁的氣體，向後仰起了腦袋。沸騰的血液急速上湧，感覺後腦杓一緊，出現了強烈的頭昏眼花感。隨著頭部的熱氣一舉消散，體溫瞬間掉了下來。白尚熙發冷的身體哆嗦著，專注地享受了一下高潮後的滋味，困倦的目光才落到手機畫面上。徐翰烈的模樣被白尚熙自己的精液遮擋住，變得模糊不清。他用大拇指去抹，卻只是把螢幕搞得更髒更糊而已。白尚熙嘖了一聲，左右張望找尋面紙。徐翰烈看著他的樣子，不禁噗哧笑了出來。

『這個量比之前多很多呢，而且還很濃。』

『因為一直積在裡面啊。』

『再這樣下去，精力超群的白尚熙可是會憋出病的。』

『對啊，所以你要快點回來。』

『你怎麼像個小孩子一樣啊。』

儘管嘴上發出指責，徐翰烈的臉上還是漾起了心滿意足的笑容。這時遠處傳來門鈴聲，徐翰烈反射性地回頭瞥了一眼。

『啊，應該是楊祕書。你既然都弄出來一次了，就去洗個澡好好睡一覺吧。我吃完飯回來時間太晚，就不打給你了。我們明天再聯絡，你今天不要等我了。』

『我愛你。』

冷不防的告白，讓正在交代東交代西的徐翰烈倏然停頓，急著扣上襯衫釦子的手也跟著停下動作。白尚熙每次只要輕聲說愛他，他的反應總是像突然當了機似的。

『我說我愛你。』

『……嗯，你快去睡吧。』

果不其然，徐翰烈落荒而逃地掛了電話。白尚熙全身力氣被抽乾，方才的熱火朝天彷若是一時的假象。在徐翰烈的聲音和人影消失之後，他更加真切地感受到自己是孤身一人。後來的他在那裡呆坐了很久。

白尚熙站在電梯內回顧著昨晚的事，連電梯已經停了一會都沒發現。他驀地回過神，開啟的電梯門正要重新關上。搖搖頭甩開雜念，他按下開門按鈕走出電梯。由於時間已晚，走廊顯得分外安靜。他穿過走廊，抵達自家玄關大門後開了門進去，頭頂上方自動亮起燈來。白尚熙正要脫鞋，赫然停下了動作——眼前竟然出現了徐翰烈的鞋子。彷彿不是他的錯覺，屋內還可以聽到細微的電視聲響。難不成是徐翰烈已經回來了？

白尚熙半信半疑地走進屋子裡。與他心情成對比的兩條腿毫不猶豫地邁開大步。漸濃的熟悉香氣令他感到無來由的激動。

他衝進客廳，先是看到獨自播映中的電視，而徐翰烈正橫躺在對面的沙發上睡覺。一隻手握著的遙控器已經快要掉到地上，胸口上還蓋著《Spotlight》的劇本。他的眼皮在輕微顫動，不知是否正在熟睡當中。電視似乎被設定成連續播放白尚熙演出作品的模式。

白尚熙把徐翰烈從頭到腳仔細觀察了一遍，拿走他手上的遙控器關掉了電視，接著小心翼翼拿起劇本放到沙發桌上。徐翰烈的平板電腦這時進入他的視線範圍。不知怎麼回事，平板電腦是翻過去蓋著的。白尚熙看了一會，拾起平板打開了螢幕。

畫面中是播放到一半暫停的某個影片。就在不久之前，白尚熙被選為某服裝品牌的專屬模特兒，和一起演出《人鬼》的演員共同拍攝了宣傳照。那是品牌官方頻道上傳的幕後花絮影片。

也許是電影賣座的效應，第一部曲《人鬼：The End》一上映，白尚熙與該演員的緋聞就開始發酵，想要將兩人捆綁在一起簽約的品牌大幅增加。他們在劇中只是有著共同目標的同事而已，不過角色之間的協調感、演技的默契度，甚至連外表都很相配，許多人暗中將兩人撮合成一對。有些粉絲還會把片中兩人同框的片段剪出來，製作成新的影片或圖片，不斷產出同人圖或同人小說這類的創作。兩人偶爾因爲工作而見面時，粉絲們總會為此熱烈歡呼。

白尚熙一點都不在乎那些東西。現實情況與粉絲或工作人員們的美好妄想相違背，他和那名演員根本連彼此的電話號碼都不知道，更遑論私下是否有在來往。徐翰烈也沒有對此表示些什麼，白尚熙猜想他可能是不知情，要不就是不關心……難道實情並非如此？

他看了一下影片下方的留言。上半部一整排評論都在稱讚鼓勵白尚熙或另一位演員，徐翰烈在那些留言上一則不漏地按下了「讚」。白尚熙忍不住「噗」地笑了出來。徐翰烈對於白尚熙向來是表面裝作漠不關心，實際上處處在意，總是給予他最多的關愛與支持。白尚熙欣慰地注視著熟睡中的徐翰烈，然後繼續查看底下的留言。

下方依舊可以見到不少為白尚熙和那名演員合體而感到開心的評論。也有人表示希望他們兩個能在《人鬼》的續集中從同事發展為戀人關係，甚至還出現過度解讀他們的眼神和表情，說兩人什麼都不用做，光是站在一起就是一部浪漫愛情片，期盼兩人能實際交往的這種內容。白尚熙注意到這類留言都被徐翰烈偷偷按下了「倒讚」。這種無足輕重的反抗實在是太過可愛，令他禁不住笑了起來。

徐翰烈被他的笑聲驚擾到，身子頓時一縮，然後迷糊地睜開眼。呆呆漂浮在半空中的視線緩慢地降落在白尚熙身上。他的神情像是在努力分辨，那個坐在地上用飽含深情的眼神和自己對視的人，是真的白尚熙，還是半夢半醒之中的幻覺。

白尚熙側過頭靠上徐翰烈的胸口，聽見耳邊傳來低穩的心跳聲。徐翰烈也馬上抬起手撫摸著白尚熙的耳朵。想念多時的觸碰讓白尚熙耳後的絨毛都豎立了起來，懸著的一顆心也瞬間踏實了。他撒嬌似的在徐翰烈胸前蹭著臉。

「什麼時候回來的？」

「剛回來。」

「不是說明天才到嗎？」

「嗯，本來預計是明天，但我怕我們家狗狗又在癡癡盼望著我回來。」

白尚熙抬起歪著的頭看向徐翰烈。只見他因調笑而瞇起的眼中滿是愛意。白尚熙出神凝視著那雙帶著渴望的瞳孔，忽然間吻了他一口。徐翰烈反射性閉上的眼皮緩緩掀開來，把白尚熙須臾之間湊近的臉龐裝進眼裡。兩人互相看著對方不說話，沒多久便開始一下接著一下地連續輕吻起來。

結束玩鬧般的吻，徐翰烈露齒笑著圈住了白尚熙脖子。白尚熙臉上也掛著明顯的微笑，摟住徐翰烈坐上沙發。徐翰烈動作自然地鑽進他懷裡，使勁聞著白尚熙身上的味道，心滿意足地用額頭在他肩膀上不停揉蹭。

白尚熙用鼻梁輕柔地弄亂徐翰烈的頭髮，沉穩呢喃的嗓音中含著笑意：

「真是個貼心的好主人，百忙之中還不忘替自己的狗狗著想。」

「反而是滿腦子都在想著狗狗，這才是問題所在。」

「是嗎？你會不會累？」

「長途飛行後的確有點累。」

「那你再繼續睡。」

徐翰烈疲倦地呼出一口氣，點點頭。但他卻沒有立刻入睡，而是放下手摸著白尚熙的背。白尚熙的嘴唇也連續按在徐翰烈溫暖的臉頰、耳邊、脖頸處，悄聲問道：

「出差的工作都順利結束了嗎？」

「嗯。」

「那就好。」

「好不好要等之後才知道了。」

「那還用說嗎？徐翰烈掌管的事業一定會沒問題的。」

「拍什麼馬屁。」

閉著眼的徐翰烈輕笑了一下。那副模樣美到讓白尚熙想將他的樣子牢牢刻印在心，情不自禁地親吻他臉上的每一處。徐翰烈只發出甜甜的鼻音抗議，緊抱著白尚熙的手臂逐漸無力鬆開。這是他被睡意侵襲的徵兆。

「那面牆上掛著的畫是哪來的？我之前沒看過。」

明明剛才還要徐翰烈補眠的，白尚熙現在卻繼續跟他搭話，還不輕不重地揉著他柔軟的耳垂一直煩他。徐翰烈被他甜蜜的妨礙逗笑，語調慵懶地回答：

「我在姑姑的美術館看到那張畫，也想給你看一看，所以就帶回來了。」

徐翰烈說話的速度越變越慢，聲音也開始發啞，很有可能就這樣直接昏睡過去。但他卻努力地驅趕著睡意，用有氣無力的嗓音咕噥：

「聽說你接到金儀貞導演的劇本？」

「嗯，我有去參加試鏡。」

「……你又不是菜鳥，他們還叫你去試鏡？」

「所有人都要參加試鏡，不是只有我，他們應該也是要謹慎選角吧。」

「那叫謹慎嗎？根本是挑剔又傲慢吧？」

「因為那個角色人人搶著演嘛。」

「所以，結果是怎樣？」

「官方還沒有宣布，不過他們叫我再去一次。」

「那不就幾乎等於確定了？」

「是這樣嗎？」

「要是對你沒興趣的話，怎麼會又找你去呢。很厲害嘛，白尚熙。」

「要是選上了呢？我要演嗎？」

「演啊。」

徐翰烈回答得簡明扼要，說完便張開眼。本來顯得疲憊的臉龐，此刻卻流露出一股無言以對的神色。

「你也是因為想演才去試鏡的吧？那當然要演啊，怎麼會問這種問題……」

「聽說拍攝日程會很緊湊，有可能要從年底忙到明年不知道什麼時候。」

「這是什麼身在福中不知福的發言，金儀貞的片子，就算會忙到喘不過氣來，也要先接了再說。」

即使已經很累了，徐翰烈也非要把這件事說個清楚。不對，感覺他更像是在生氣，氣白尚熙怎麼會為了這種問題而煩惱。徐翰烈隨後又再仔細地觀察了下白尚熙的反應，放軟語氣哄他：

「反正我也會忙上好一陣子，你自己一個人沒事做不是也很無聊嘛？」

「好一陣子？你要忙到什麼時候？」

「不確定欸，應該到明年上半年都會一直這麼忙吧。」

白尚熙舉起手撫上徐翰烈的臉頰，不意外地產生了一點淺淺的靜電。他正欲放下手，卻被徐翰烈重新抓了回來，將自己的唇瓣埋進他掌心。每個瞬間、每一剎那，他們是如此渴望著彼此的體溫。這份感情的型態、色彩、走向，甚至重量和深度，明明沒有任何改變，白尚熙不明白自己為何會焦慮成這個樣子。

「公司應該沒有什麼事吧？」

「嗯。」

「家裡呢？」

「沒事啊。」

徐翰烈緩緩搖頭。不知是不是被睡魔襲擊，白尚熙能感覺到徐翰烈的四肢開始失去力氣，眼皮也逐漸沉重。他連連撫摸著徐翰烈的頭髮，將嘴唇溫柔地按在他光滑的額面。很快地，徐翰烈的身體輕盈地向上膨脹，再徐徐落下，一絲困乏的氣息跟著從他微張的嘴唇中逸出。

「翰烈啊。」

明知對方可能聽不見，白尚熙還是開口叫他。徐翰烈「嗯」的回答，有一半以上都被呼吸聲蓋了過去。

「我很想知道你最近在想些什麼。我不斷努力觀察，自己一個人傷透腦筋，可是還是猜不到你的想法……」

總會為此陷入焦慮與不安之中。

「現在還不能講，之後再說。」

徐翰烈慢吞吞地伸手在空中摸索，白尚熙於是把臉湊上去貼住他的手，輕輕吻他泛紅的指尖。徐翰烈原本放鬆的嘴唇略微彎了起來，在朦朧的意識中輕拍白尚熙臉頰喃喃著：

「之後再說好嗎？」

他用安撫孩子的口吻許下承諾：

「等我都處理好就告訴你。」

沒幾秒鐘，連哄勸白尚熙的那道聲音也消失了。白尚熙臉龐貼著的那隻手一下子無力垂落。平穩地上下起伏的胸膛證明了徐翰烈只是睡著而已。

白尚熙重新拉起徐翰烈掉落的手放到自己肩上，接著雙臂托起徐翰烈的身體將他緊緊抱住，腦袋深埋進溫熱的頸窩。即使身體貼得這麼牢、瘋狂汲取他的味道、感受著他的體溫，白尚熙的內心還是感到異常空洞。他不懂這是為什麼，也不曉得該如何填補心中那股不明緣由的缺失感。

「徐翰烈。」

白尚熙嘆氣似的呼喚他名字，卻再沒有得到回應，只有對方間或發出的甜美呼吸聲迴蕩在空氣中。為了忍受這股越發沉重的靜默，他更加拚命地摟緊了懷中之人。

每當緊握的羈絆緊繃到即將斷裂之際，白尚熙總會毫不留戀地放手。反之，若那條繩索自行脫落，他也從不主動拾回。因此，他始終無法掌握適當的力道，既不讓手中這份連結繃得太緊，也不至於使其鬆脫。最終，他只能茫然地抓著那搖曳的繩索末端，無止盡地堅持下去。

✦

被鬧鈴聲吵醒的徐翰烈身子一顫。四周還黑漆漆的，他已經被抱到了床上。

「唔嗯……」

徐翰烈長長吐出一口氣，習慣性地往身旁探去，白尚熙卻不在那裡。床上也已完全感受不到他的餘溫，看來又是凌晨就出門拍戲了。

徐翰烈關掉響個不停的鈴聲，確認現在的時間——凌晨五點五十分。既然是這麼早的工作，白尚熙根本沒有必要特地回家一趟。通常在外地拍攝時，劇組都會安排前一天住在附近的旅店裡。

儘管如此，白尚熙還是很勤快地往家裡跑。雖然免不了會因為徐翰烈加班及出差的關係而錯過見面的機會，或是偶爾碰面了卻像昨天那樣說不到幾句話就累到睡著，他還是不願意就此罷休。

白尚熙現在已經不需要勉強自己了。他沒有任何需要擔負責任照顧的親人，經濟方面已有了充足的餘裕，工作方面的邀約也是多到不行。他大可只挑好的案子接，沒必要把自己逼得這麼緊。即便拒絕了當前的工作提案，他也不用擔心會失去下一次的機會。

白尚熙自己應該也有這樣的認知。但就算如此，他還是這麼認真地工作，大概是這份工作真的有帶給他成就感。一個曾對任何事都提不起興趣的人，竟然能找到讓他產生動力的事情，徐翰烈當然會希望他能好好享受這份工作。

白尚熙一直以來感受到的根源性情感匱乏，也許僅靠徐翰烈自己的愛是不夠的，所以他希望能夠用大衆的關心和愛來彌補白尚熙心中的空缺。為了實現這一點，徐翰烈願意付出一切努力。會想要奪回經營權，也純粹是想給予白尚熙更好的幫助。畢竟，要先具備足夠的力量，才有辦法守護好重要的事物。

徐翰烈抱住白尚熙的枕頭，把臉埋了進去。上面滿滿都是白尚熙的味道。他在枕頭上磨蹭了好一會，繼續賴著不起來。可以的話，真想一整天就這樣躺在床上耍廢。

不曉得過了多久，手機突然響了。會在這個時間聯絡自己的人，除了白尚熙之外沒有別人了。徐翰烈馬上查看手機，不出所料，收到了白尚熙傳來的簡訊。

『**睡得好嗎？吃藥的時間到了。**』

明明可以用通訊軟體聯絡，他卻偏要傳簡訊。顯然是擔心會錯過時間，所以預約了自動發送訊息。這個人平常總是悠哉從容到令人受不了的地步，唯獨在吃藥這件事情上特別嚴格執行把關。徐翰烈輕輕一笑，從床上坐了起來，然後把準備在床頭的藥一股腦倒進嘴裡。開了瓶礦泉水，差不多喝掉一半之後，恍惚的頭腦才開始變得清醒。

既然起床了，也該準備出門上班去。徐翰烈費了好大的力氣，才終於擺脫了柔軟床鋪讓人下不了床的甜蜜誘惑。正打算進浴室沖澡，手機這時卻又響了一聲。

『**量完體重和體溫之後告訴我。**』

簡訊的發送者當然仍是白尚熙。他是在哪邊監視著自己嗎？徐翰烈忍不住東張西望地看了看周圍，然後乖乖站上體重計。臉上帶著不耐煩的表情的他把體溫也量好之後拍下測量結果傳了過去。

習慣性地搔著脖子走進浴室，徐翰烈忽然身子一縮，驚覺下意識抓撓的地方傳來一陣刺痛。照過浴室的鏡子後，總算是知道了原因——他的身體從脖子到鎖骨的整塊區域皆布滿了吻痕。再掀起上衣看了下，只見胸部和腰側、肚子，甚至是大腿，上面全是一排排整齊的牙印。

「天啊……」

覺得實在太扯，徐翰烈忍不住失笑。自己被又是吸又是咬的，竟然還能毫無知覺地睡著？到底是有多遲鈍啊。

徐翰烈重新回憶起昨夜的事：為了提早回國，他沒睡覺就直接上了飛機，身心俱疲的狀態下反而更難在機上入睡，等回到家的時候，他已經累到連手指頭都動不了。強撐著洗完澡，一邊看著白尚熙的影片一邊等他回來，也趁機讀了下劇本。

徐翰烈想不起來自己是什麼時候、怎麼睡死過去的。在他打著瞌睡的時候，白尚熙終於回來。他們擁抱著彼此，聊了一會……不對，他們真的有進行完整的對話嗎？徐翰烈最後的印象是自己躺在沙發上，再次醒來時，人就已經移到床上去了，中間應該發生了不少事情吧。

「咬成這樣，簡直是一隻餓了好幾天的狗嘛。」

低頭看著自己紅紅紫紫斑駁的身體，徐翰烈不禁一笑，遂朝淋浴間走去。沖澡的過程中，裡面不斷傳出微微的哼歌聲。等到出了浴室，他的臉色顯得清爽了許多。

徐翰烈正要走去更衣室換衣服，霎時間，安靜的手機又響起通知。他原路折回去，檢視剛收到的簡訊內容。

『別漏掉早餐。』

剛才傳到聊天室的認證照還未被讀取，照這樣看來，這封簡訊有很高的機率也是預約傳送的。若非白尚熙瞞著自己偷偷裝設了寵物監視器，那麼肯定就是他早已摸透了自己的慣例作息。甚至還猜到徐翰烈少了他的監督就會疏於照料自己的身體。

「真的是操心過頭。」

儘管表現出不滿的態度，徐翰烈還是聽話地朝廚房走去。烹飪臺上有個托盤，上面放著五顏六色的器皿，盛裝著分量適中的各樣小菜。這是在徐朱媛的堅持下訂購的定期配送均衡養生餐。一想到白尚熙那麼高大的塊頭，卻把這些食物分裝在這麼小的碟子裡，還特地在那邊擺盤的身影，徐翰烈就忍不住嘻嘻發笑。

「這麼用心準備，也太可愛了吧。」

這樣的誠意值得嘉許，徐翰烈隨即入座開始用餐。雖然都是些清淡乏味的食物，他還是細細咀嚼到嘗出甜味才吞下。

等到他早餐吃得差不多的時候，玄關方向傳來了一陣動靜。從那謹慎規矩的動作和固定的步幅來推測，應該是楊祕書。沒多久，果然見楊祕書從走廊現身。發現徐翰烈竟然自己一個人在用餐，他先是一臉訝異，遲了幾秒才鞠躬行禮。

「本部長，您昨晚睡得好嗎？」

「嗯，你來啦。」

吃完飯的徐翰烈拿起手機拍了他的空碗，然後把照片傳到他和白尚熙的聊天室。這次訊息前方顯示的「未讀」立刻消失，手機在同一時間畫面一跳，原來是白尚熙忽然來電。

時機抓得太精準，徐翰烈先是頓了頓，隨後偷笑了一下，接起電話。

「什麼啊，不是正在拍攝嗎？」

「是沒錯，現在是中途休息時間。早餐好吃嗎？」

「早餐很難吃。」

「可是你還是很厲害地吃光光了？」

「厲害吧，畢竟這可是大忙人白尚熙特別擠出時間幫我準備的。」

儘管是無關緊要的對話，徐翰烈臉上卻始終掛著笑容。就連一大清早靜寂的屋子裡也恢復了生氣。他從位子上起身，用手勢示意楊祕書稍等一下，拿著手機走進了更衣室。

「藥？一起床就吃了啊。連那個都要拍給你看？你這傢伙整天就只知道把藥掛在嘴邊，都跟你說這樣下去我會神經衰弱的。」

徐翰烈邊抱怨邊挑衣服。從襯衫到褲子、西裝外套、領帶、手錶，看似隨手選出的每樣單品，搭在一起卻彷彿成套般合適。他將手機設成擴音之後開始換上衣物。他貼了ＯＫ繃遮掩脖子上的吻痕，然後穿了件輕薄的半高領內搭衣，外面再套上襯衫，同時一邊向白尚熙確認昨晚的情況。

「是說，我們昨天有討論什麼重要的事情嗎？我聊到一半不小心睡著，什麼都不記得了……」

「……沒有啊，沒聊什麼特別的事。」

「是喔？」

徐翰烈歪了頭，腦海中依稀殘留著白尚熙面色有些落寞的畫面。會是幻覺嗎？或者只是太累的關係？還是那根本就是在做夢？

「是沒有特別說什麼。那個、翰烈啊……」

徐翰烈還在心中臆測著各種可能，白尚熙忽然用正經的口吻叫他名字，像是有什麼話想說。正繫上袖扣的徐翰烈把手機拿回耳邊，「嗯」的回了一聲，密切注意著白尚熙接下來要說的話。

結果就在這時，電話另一端傳來姜室長呼喚白尚熙的聲音。馬上就要重新開始拍攝，所以要他過去準備了。白尚熙嘴裡逸出一聲長嘆。

「我得走了。」

「你不是有什麼話要說嗎？」

「這件事不急著談，下次再說。你也要趕著上班了吧？別太勉強自己。」

「那是我要說的話吧，你才是量力而為，別那麼拚。」

「嗯，待會跟你聯絡。」

「那就這樣吧。」

「我愛你。」

「……嗯，我掛了。」

徐翰烈率先結束了通話。他不這麼做的話，只會又為了含混過去而越拖越長。

「……」

無意間瞥向鏡子看到自己泛紅的臉頰，徐翰烈迅速地撇開頭。一般表達愛意的行為他都已經免疫了，偏偏就是對我愛你這句話無法適應。是因為自己從來都說不出這句話的緣故嗎？莫名感到肉麻又難為情。他像個準備落跑的人，急急忙忙地換好衣服。

最後把錶戴上時，徐翰烈驀地陷進沉思中。白尚熙的聲音從來沒有如此低沉過，總覺得不太對勁。會不會是拍攝時被導演罵了？不對，白尚熙不是那種會為了這種事喪志灰心的人。那到底是什麼原因？他想對自己說的話又是什麼？徐翰烈感到很是在意。

仔細想想，最近好像都沒有和白尚熙好好交談過。由於彼此都很忙，連出門悠閒約會或縱情做愛的念頭都不敢有。這顯然不是一般情侶的正常樣態，也不是徐翰烈夢想中的未來樣貌。

徐翰烈原先像個傻瓜一樣飄飄然的心情頓時消失得無影無蹤，神情與眼神也跟著沉穩下來。對著鏡子平靜地確認完自己的儀容，他猛地開門走了出去。

「我們的工作得加快腳步才行了。」

他對楊祕書說完，迅速邁開大步。堅定了意志的淺褐色瞳眸此刻顯得格外明亮有神。楊祕書默默答了是，尾隨在徐翰烈身後。

SUGAR

슈가 데이즈 Sugar Days

05

Check And Checkmate (1)

SUGAR DAYS

DAYS

「你到底怎麼做的啊？蛤？」

姜室長在行進中的保母車上追問個不停，行駛間還一直瞄向後照鏡，整個人坐立不安，身體幾乎朝後方轉了一半過去。如果不告訴他答案的話，恐怕在到達目的地之前他都會是這個樣子。

「請看前方好嗎？這樣會出車禍的。」

「我有在看啦，你這小子才是別在那邊給我裝聾賣傻，趕快全部告訴我啊。到底是演得有多棒，他們竟然這麼快就聯絡你了？」

「我也不知道。」

「什麼叫不知道！你自己演的怎麼會不知道！就愛呼攏我。剛才在公司也是，為什麼都給了你機會還不肯把握啊。」

姜室長大剌剌地噘嘴發著牢騷。接著繼續嘮叨白尚熙，說他至少在洪代表和職員面前也該做做樣子，假裝自己是費盡心思才拿到這個角色的。

他們一早就在前往《Spotlight》製作公司的路上。白尚熙隻身前去參加試鏡回來後，金儀貞導演便聯絡公司說希望能和他見個面。製作公司在電話中並未提到白尚熙選上「永軾」一角的事，但是姜室長和公司那邊已經群情激昂，說這幾乎和確定了沒兩樣。

白尚熙自己卻是對當時的表現沒什麼信心。參加試鏡時，他不過是按照製作公司要求的方式演出指定的臺詞罷了，自己當時在想些什麼、是怎麼演的，他其實沒什麼印象，因為當時無法從攝影畫面確認自己的演技，也觀察不到評審們的反應。感覺意識在開始表演的那一刻被關閉了開關，直到一切都結束時才又重新開啟。所以白尚熙也很好奇，為何導演會想要和自己見面。

保母車很快便駛抵製作公司。平時閉著眼睛都能倒車入庫的姜室長，今天卻一直沒辦法把車給停好。不知何故，他比白尚熙本人還要緊張。

「為什麼要這麼慌張，我們又沒遲到。」

「哎唷，不知道啦。」

「還是換我來停？」

「啊，你別在那邊干擾我，安靜一點。」

姜室長搞了半天才終於把車停好。只見他忙亂得臉色通紅，額頭上結著大粒大粒的汗珠，白尚熙看他緊張成這副德性，也只是說了句：「還真稀奇。」眼前可能即將面臨演員生涯徹底改變的大好機會，他卻仍是淡定得不得了。

「建梧啊，我真心地拜託你，你作為一個演員，至少在工作的時候能不能發揮些演技，稍微裝模作樣一下？表現出一個陽光熱情清新的形象給製作公司那些人看，這樣不是很好嗎？」

「我為何要浪費精力在不必要的地方。」

「想對討喜的傢伙更好一點是人之常情嘛。對了，你不是說不想成為徐代表眾多成就當中最遜的那一個？那你就要努力才行呀。」

「有誰說我不這麼做就不給我工作嗎？」

「不是，我又不是那個意思……算了啦，跟你講這些也沒用，我去拜佛祖還比較快。你這臭小子快點給我下車！」

「沒事發什麼火。」

白尚熙死不聽勸，把姜室長氣得滿肚子火，自己則慢悠悠地下了車。「吼唷！」姜室長搥了搥自己快被氣炸的心肝，不必要的緊張情緒這才稍微抵消了一些。

兩人搭乘電梯來到三樓，門一打開，就看到等在前方的工作人員興沖沖地過來迎接。

「歡迎你，池建梧先生。」

白尚熙微微頷首，跟對方說：「你好。」站在他旁邊的姜室長中氣十足地打著招呼。

「你好！我是建梧的經紀人，我叫姜在亨。」

「喔，很高興見到你們，來這裡的路會不會很難找啊？」

「不會不會，一點都不難，路上也沒塞車，一路順利抵達。」

「太好了。導演和代表正在裡面等呢，我帶你們過去。」

他們跟著工作人員來到一間會議室。敲門之後一開門進去，並排坐在大圓桌前的金儀貞導演與製作公司代表隨即起身。所有人不約而同對彼此行禮。

「你好。」

「你好，初次見面，我是姜在亨。」

「歡迎你們，特地來到這裡真是辛苦了。我是ON製作公司代表安賢植。」

「我是金儀貞。」

「請坐這邊吧。」

兩人在安代表的招呼下並排坐在對面側。姜室長拉出椅子的動作僵硬得像一尊很久沒上油的機器人。與他相反，白尚熙則是一如既往的沉著。即使面對無法自在相處或不認識的人，他也不會感到畏縮或顯得不自在。默默打量著他的金導演臉上浮現出興致昂然的微笑。

沒必要耗費彼此珍貴的時間在多餘的寒暄上，金導演不囉唆地直接告知單獨找白尚熙過來的原因：

「我想在決定演員之前和池建梧先生稍微聊一聊，也有一些事情想要確認。」

「好的，有什麼話請儘管說。」

聽到姜室長出聲代為回答，金導演看著白尚熙的眼神變得更加幽深。那道嚴密注視的目光彷彿要洞察他內心真實的想法。

「池建梧先生自己有想要拍這部片的意思嗎？」

姜室長被這尖刻的問題問得一臉困窘。他不斷偷瞄坐在旁邊的白尚熙，不敢輕舉妄動。他根本不曉得白尚熙是怎麼試鏡的，因此很難猜到金導演的意圖。

儘管氣氛瞬間僵化，白尚熙神情還是保持著淡然。他目光筆直地注視著金導演，堅定地回答：「有的。」

金導演微微一笑，納悶地歪頭。

「嘴上說想拍，可是你的態度卻很平淡，看起來一點都不積極。」

「您可能會覺得我這樣講太過自大……」

白尚熙語氣微妙地開了口。金導演點點頭，一副願意洗耳恭聽的樣子。姜室長兀自在一旁忐忑不安地從桌子底下按住白尚熙的大腿，但白尚熙不理會他無聲的叮嚀，毫不遲疑地把話接下去。

「我是覺得態度最積極的人，不代表就能把事情做得最好。」

姜室長不禁發出嘆氣般的吐息。金導演卻沒表現出任何的不快，笑著輕鬆回道：

「至少比被公司強迫、只為了獲得看上去亮眼的經歷就來試鏡的那種人好吧？」

「難道是在說我嗎？我們才剛見面五分鐘而已。」

「不一定指誰，只是在這個圈子裡，這種情況太常見了。」

「這就所謂的，先入為主的成見吧。」

「是嗎?池建梧先生不是我說的這樣?」

「聽說是你們先寄劇本過來的，試鏡結束後也聯絡公司想跟我再見一面。那麼對於導演來說，我應該不是您口中所謂態度不夠積極的那種人吧。」

「怎麼說?」

「一個正常的成年人，是不會單單為了教訓一個不滿意的演員而浪費如此寶貴的時間，還叫了這麼多工作人員來，平白給大家添麻煩的。聽說導演都會在作品中反映您的人生觀，看來也許是我誤解了劇本的涵義。」

意外地中了一箭，金導演當場呆愣了幾秒，登時哈哈大笑。在一旁不發一語的安代表也忍不住笑了起來。唯有被夾在中間的姜室長一副不知道該怎麼辦的無措樣，使勁地抓著白尚熙的大腿。

「想不到你還真敢講啊。」

「那個……」

姜室長偷偷插嘴，試圖平息越來越尖銳的對立局面。金導演抬起手攔阻，似乎是要他不必在意，然後繼續向白尚熙發問：

「演戲的時候為什麼沒有講方言?你不可能不知道主角是北韓人吧?」

姜室長猛然轉頭看向白尚熙。他之前就曾建議過，如果白尚熙有意參加試鏡，公司會幫他聘請講師，讓他熟悉北韓方言。當時，白尚熙想都不想就一口回絕，讓他以為白尚熙沒有要參加試鏡的打算。誰料到白尚熙突然跑去試鏡，接著製作公司又主動約見面，這讓他很好奇當時到底發生了什麼事。

唯一能拿來推測的依據就只有金導演說的話了。難道白尚熙公然使用標準話來詮釋北韓方言寫成的臺詞？還是他照著臺詞念出來，只是換了個腔調而已？無論是哪種方式都很怪異。可想而知，為何金導演會在初次見面時便提到他態度不夠積極。

殊不知白尚熙卻無所謂地聳了下肩：

「因為我不會講方言。」

金導演失聲大笑。

「來參加試鏡的人當中，根本沒有人會黃海道方言啊，大家不過是盡量試著去講而已。所有人之中，你是唯一一個沒有使用方言的。所以我才以為你沒有什麼意願要接這部片子，想說你是不是被強行抓過來的。」

「哎唷，沒有的事。絕對不可能……」

「我是覺得，若是不能做到位，那倒不如不要做比較好。」

姜室長正擺著手想要包庇白尚熙，白尚熙卻執意讓他的嘗試徒勞無功。

「不能做到位的話不如不做？」

「畢竟那對我來說是個不熟悉的語言，要是心思著重在發音或腔調上，可能會破壞情感的表達，我勢必要做出取捨。比起完全沒救的那一邊，我還是選擇了相較之下更有把握的方式……至於方言的部分，我想，反正等到我確定要接演這個角色，到時再開始準備也不遲。」

姜室長不抱希望地低下頭。他知道白尚熙雖然表面上是這麼說，但對於自己接下的工作都會好好完成，讓人無可挑剔。問題是，頭一次見到白尚熙的人無從得知他這種性格傾向。反而如同金導演一剛開始所指出的那樣，總會懷疑他缺乏熱情、態度傲慢。縱使對白尚熙的演技抱持著好感，也很有可能因為今天的面談而感到大失所望。眼看《Spotlight》的遴選大勢已去，姜室長正打算放棄，金導演卻丟出一個他完全沒想到的問題：

「要是被選上的話，有信心能夠把方言學好嗎？」

「總得試了才知道。再說，如果到時講得結結巴巴，你們也會出手相救，不會坐視不管的。」

「這你怎麼知道？」

「只是先入為主的成見罷了。」

聽到白尚熙的暗諷，金導演「嗤」地一笑，稍微搖了下頭。她來回看著安代表和一臉呆滯的姜室長，提出了要求：

「可以的話，能麻煩兩位暫時離開嗎？我有事情想單獨問一下池建梧先生。」

「我知道了，那經紀人您和我一起到我的辦公室吃些茶點吧，順便討論一下關於合約的事情。」

「啊，好的，就這麼辦。」

姜室長順從地跟著安代表出去，途中頻頻回頭看著白尚熙。金導演注意到他的視線，還消遣他說：「我不會對池建梧先生怎麼樣的，請放心吧。」講得姜室長自己也有些難為情，鞠完躬便離開了。

只剩下兩個人的會議室變得更加安靜。金導演也不說話，只是望著白尚熙看了許久。白尚熙亦是不閃也不躲，目光筆直地回視。

「說實話，你準備得不夠周全這一點，我是無法給出高分的。其他參加者即便表現得不盡完美，但他們都有先去學了一些方言，盡量努力模仿那種腔調。既然都已經先寄劇本到你們公司了，我在審查時不就應該要提高標準，更加嚴格才對？」

「那為什麼……」

「按照我這個講法，你應該會被淘汰，為什麼還要找你過來？」

「是的。」

「是因為你的演技。你演得真的就像個『徬徨』之人。」

白尚熙露出無法理解的表情。金導演的上身慢慢向後退開，補充解釋道：

「你整個人看起來很乾癟，那種空洞虛無的失落感，也是演出來的嗎？不然還是有什麼個人因素？我開始對此感到好奇。像你這樣握有許多資源的人，卻能散發出一種不踏實和孤獨的氛圍，我是覺得滿不可思議的。」

「我有嗎？」

「你自己沒有意識到的話，看來那不是特地演出來的樣子囉？沒關係，反正自然展現出來的模樣很好。我一開始會把你列入候選名單，也是看了你在《引力》裡面展現的樸實演技，這種特質雖然經常可以在新人身上看到，但你的演技完全沒有過度強調或刻意美化的感覺。我有向申宇才導演偷偷探聽，問他對你的看法如何，他說直接見一面就會曉得了。」

「所以今天才會找我過來？」

「甄選時表現得那麼我行我素，不把你找來說不過去吧？」

面對這句刻意損人的斥責，白尚熙垂下目光笑了笑。乍看之下像是個不好意思的笑容，反過來卻又充滿了從容之意。金導演的視線自然而然地在他身上停駐，對於這個叫「池建梧」的人重新產生一種自然的好奇心或是探究的欲望。哪怕只是短暫一瞬，她彷彿在池建梧身上窺見了那股明星必須具備的牽引力。

金導演若有所思地笑著，繼續針對白尚熙的演技進行講評。

「我從你那乾癟憔悴的人物形象中，看到了內在赤裸裸的熱切渴望，甚至帶有一絲悲切。其實這正是人之所以陷入徬徨、迷失自我的理由嘛。想方設法要突破困境與迷茫，強烈地追求心中迫切的願望，這些過程沒有親身走一遭，是無法徹底了解的。就算去偽裝或模仿，終究還是會露出馬腳。」

「我還是第一次聽到有人把我形容得這麼熱情。」

「可能是你一直隱藏得很好吧，或者至今從來沒有人這麼仔細地觀察你。我也是為了找出淘汰你的理由，把你從裡到外剖析了一遍才發現的。」

「話雖如此，導演還是把我叫來了這裡。」

「假使我沒看錯，那種錯綜複雜的情感是你身上本來就有的東西，我覺得那會是很好的素材，會讓我想要拿來利用。」

金導演誠實地表達內心的意圖。她微側過頭，慢慢地仔細檢視白尚熙。

「今天直接見到你本人，某些部分和我猜想得差不多，但你比我預想中還要來得難以捉摸。看起來有固執的一面，也有自己的想法和盤算。至少行事莽撞、不亢不卑的這一點我很滿意。」

白尚熙聽了噗哧一笑。金導演也跟著扯了扯嘴角，表示了些微疑問：

「你是在笑什麼？」

「導演稱讚人的方式，和我認識的一個人很像。」

「是嗎？我只是在分析，並不是在稱讚你。」

「就連這一點也很像。」

不知是想到了誰，白尚熙臉上的笑意久久未散。毫無頭緒的金導演一臉詫異地揚起眉毛，隨後也笑了起來。

「一部作品的誕生，絕非導演一人之力所能完成，比起那些唯命是從的演員和工作人員，能夠互相激盪、爭論，並在細節上相互協調磨合，這樣的作品才會有生命。即使劇本出自導演之手，拍攝過程中仍然會有遺漏的部分。有的時候，演員對角色的理解甚至會超過導演本身。看了你的表演，並在今天直接與你交流後，讓我更加確定了原本的想法。和你一起合作應該會很有趣，所以呢……」

說著，金導演一邊伸出了右手：「就讓我們一起好好加油吧。」

姜室長喜不自勝，眉開眼笑的。剛才金導演要求和白尚熙單獨談話時，他還顯得萬分焦慮，如今卻像個無法控制表情的人一樣，合不攏咧開的嘴，高高的顴骨幾乎要飛上天。

「欸，看來導演真的很喜歡你喔，不然你演得那麼隨便，態度還那麼囂張，她怎麼還願意跟你一起工作。」

「我哪有那樣。」

「你沒有？你這個沒良心的傢伙，你知道我是怎麼低聲下氣地拜託安代表，請他注意不要讓試鏡的內幕消息走漏出去？我發現你這個人還真是厚臉皮唷？」

姜室長激動到脖子上都冒出了青筋。白尚熙對於如此強烈的指責絲毫不放心上，縱使得到如此千載難逢的機會，也只是心不在焉地擺弄著手機。姜室長彷彿把他當成了不懂事的兒子，不客氣地「嘖」了一聲。

「你這傢伙實在是……那可是別人搶著要演的作品吶，而且好不容易才順利通過試鏡，結果你那是什麼反應？還有製作公司和導演他們看到選中的演員反應這麼冷淡，會怎麼想？跟人家說句『我好高興』『我會好好加油，不拖後腿的』這些好聽話不是很好？連拜託你做些對自己有利的事都不行嗎？唉！」

「導演說我這樣很好啊，說一起工作感覺會很有趣。」

「那是客套話好不好，小子，哪個導演會喜歡自以為是的演員啊？」

「那是姜室長不懂。」

「你這個心臟超大顆的臭小子。啊，這個不重要，現在要立刻通知公司，趕快幫你安排北韓話的課才行……」

「是我。」

姜室長停下無意義的拌嘴，正要打電話給公司，白尚熙卻搶先他一步，開始和某人講起了電話。姜室長往後照鏡看了一眼，那人面無表情的臉龐轉眼已柔和了起來。見到這種變化，姜室長瞬間就知道白尚熙的通話對象是誰了。

「午餐呢？」

『現在正在吃。』

「該不會又用三明治隨便打發了吧？」

『沒有隨便打發啊，還滿不錯吃的，算是我挺愛的食物。』

「再忙還是要好好吃飯。」

『誰說韓式料理就一定好？吃起來既花時間，口味又重。你咧？』

「準備要吃了，現在正在去美容室的路上。」

『你看你，自己明明都隨便亂塞東西吃，卻每天就只知道念我。』

聽到徐翰烈帶著關愛的責備，白尚熙發出輕笑。

『傻笑什麼，無話可說的時候就用傻笑帶過嗎？』

徐翰烈的聲音裡也沾染了一絲笑意。宛如幻覺似的，空氣都甜蜜了起來。

『那你去完美容室，就馬上要去時裝秀了？』

「嗯，如果你也可以一起去的話就好了。」

『等我手上的事忙完了，下次再一起去吧。』

今晚預計舉行一場世界知名高級品牌的時裝秀。白尚熙受邀擔任品牌的全球大使，徐翰烈則是以名流的身分受到邀請。徐翰烈平常都會和他相偕出席活動，這次則因為工作關係沒辦法參加。

白尚熙並沒有太失望，反正在公開場合站在一起也只是成為媒體追逐的獵物而已。他們之間的每個對話、眼神、動作都要變得小心翼翼。與其這樣，他寧可待在不受打擾的空間裡兩人獨處。尤其像今天這種有好消息的日子，白尚熙想和他一起安安靜靜、溫馨愉快地慶祝。

「今天也會晚回家嗎？」

『嗯，確定要加班了。反正你也會很晚回來不是嗎？』

「本來是想看情況早點走的。」

『身為代言品牌的大使，卻想翹掉慶功宴？你這是在打混喔，白尚熙。』

「那種派對只要去露個臉就行了，我配合你下班時間去接你好不好？」

『你又不知道我這邊幾點結束，怎麼了？有什麼事嗎？』

「沒什麼。」

『聽起來不像是沒事啊。』

「見面再告訴你。」

『什麼事情要這樣賣關子，很不像你耶。是不方便在電話中說的那種事？』

「只是想看著你的臉當面告訴你而已，我要是早結束會在家裡等你的，工作做完就回家吧，不用趕。我們很久沒喝酒了，晚上一起小酌一下。」

『真難得啊，我知道了。』

徐翰烈乖乖答應完，突然間想起了什麼，「啊」了一聲。

『待會要傳照片給我喔。』

「好。」

這句鄭重其事的吩咐，讓白尚熙一邊笑著一邊掛上電話。不經意地看向後照鏡，立刻和姜室長對到了眼。白尚熙的臉一秒恢復成沒表情的模樣。姜室長極度無言地用鼻子「哼」了一聲。

「現在可以輪到我講電話了嗎？」

「講啊，我又沒說什麼。」

「受不了這對臭情侶……」

姜室長嘀嘀咕咕抱怨著，一邊打了通電話到公司去。回鈴音連一聲都還沒響完就傳來洪代表「喂」的聲音，似乎是等不及要知道白尚熙確定出演的消息。洪代表恭喜完白尚熙後，隨即與姜室長具體討論起媒體宣傳的開始時間、宣傳方式，以及如何安排增進演技的準備工作。

於此期間，他們抵達了美容室。姜室長因為要討論工作所以繼續留在車上，白尚熙自己一個人進去。負責的工作人員很開心地迎接他。

「建梧來啦？」

「對啊，室長好。」

「嗯？今天有什麼好事嗎？你平常又不會為了出席活動而興奮，今天怎麼氣色看起來特別好？」

「有嗎？」

「有，怎麼回事？是發生什麼事了？」

「什麼事都沒有啊。」

「哎唷，你就繼續騙人吧。反正過一陣子就會出新聞了對吧？」

對方親切和藹的吐槽逗得白尚熙無聲微笑。工作人員也跟著笑了起來，領著白尚熙到裡面的座位去。

「建梧公司送來的衣服，已經幫你準備好放在那邊的試衣間了，你慢慢換好再出來。有需要的話就叫我。」

「好的。」

由於活動規模盛大，主辦單位還提供了較為正式的服裝，從最新一季的商品中挑出最適合白尚熙的一套衣服送過來。據聞，品牌方甚至對造型樣式都提出了具體的要求，似乎投入不少心血在這次的活動上。

為白尚熙準備好的衣服非常合身，儼然像是替他量身訂製的一樣，找不到任何不平整或過於緊繃之處。

換好整身的衣服後，白尚熙走出試衣間，在外面等待的工作人員和助理驚嘆低呼道：

「哇塞！我還想說不是很懂這樣的設計，原來這種衣服就是要看人穿啊。」

「就是說啊，意外地好看耶。」

「來，過來這裡坐吧。建梧今天肯定會是全場鎂光燈的焦點，我得確保你的裝扮不管從哪個角度拍起來都完美得無懈可擊。」

「先穿個浴袍喔。」

披上浴袍後，白尚熙坐在位子上閉起眼睛。造型師用大大小小的刷子輕飄飄地在他臉上來回輕拂，小力地梳整他的頭髮，從化妝到髮型，一氣呵成。他本來五官就明顯又搶眼，造型師只是稍微調整了他的膚色，並將略長的瀏海稍稍向後梳起來固定。這樣一來，濃密的眉毛及高挺的鼻梁便顯得更加突出，營造面部鮮明的立體感。

「完成了。」

「辛苦你們了。」

白尚熙從鏡子裡向工作人員與助理致意。姜室長正巧也在這時過來催促他。

「都準備好我們就出發吧，待會就要開始塞車了。」

姜室長朝外面撇頭要他趕緊出來，率先走出了店外，一路上還不知道在和誰通著電話，邊走邊對著美容室工作人員們彎腰行禮。白尚熙慢慢尾隨在後方，也和工作人員他們道別說下次見，並且游刃有餘地和其他目光接觸到的職員們逐一頷首。看著兩人身影的職員們露出微妙的笑容。眼前景象彷彿一頭奔跑得氣喘吁吁、揚起灰濛塵土的犀牛，和一隻跟在犀牛後頭閒適漫步的長頸鹿。

上了保母車之後，白尚熙仍維持好整以暇的姿態。姜室長忙著反覆查看手機和導航找尋最佳路線，他卻在後面顧著自拍，然後不假思索地把照片傳給徐翰烈。

保母車很快駛出停車場，開上了鄰近的道路。姜室長不停焦躁擔心著「這樣下去會不會遲到」「偏偏遇上禮拜五」「怕路上特別塞」之類的細節。對路況不聞不問的白尚熙，視線始終只鎖定在他和徐翰烈的聊天室畫面。

他發送的照片前方顯示的「未讀」一下就消失了。但就這樣過了好幾秒，徐翰烈那邊始終沒有傳來任何回覆。是在工作中急忙點開來看，所以現在還不方便回訊息嗎？白尚熙不禁在心裡猜測著原因。就在他要移開視線的那一刻，忽然接到徐翰烈的來電。

「姜室長，我接個電話。」

「喔，隨便你啊。」

「是視訊電話。」

「……哎，是沒看到前面的人都快急死了嗎？稍微節制一點吧，真是。」

姜室長講到咬牙切齒，卻還是配合地把導航的音量調小。絲毫不覺得愧疚或不好意思的白尚熙遂按下通話按鈕。儘管是每日都在重複上演的無意義消耗戰，沒有一方有要收手的打算。

徐翰烈隨即出現在螢幕上，占滿了整個畫面。大概人在辦公室裡，他身後隱約可見熟悉的背景。徐翰烈一句話也不說，就這樣凝視著鏡頭對面的人。帶著些微血絲的眼珠子緩緩轉動著，專注仔細地欣賞著白尚熙的打扮。那全神貫注的模樣，簡直是想要將對方的身影銘刻在眼裡，連每一根髮絲或襯衫上細微的皺紋都不放過。

白尚熙沒有貿然開口，他並不討厭徐翰烈這樣入神觀察自己的行徑。相反地，那道探索的目光甚至讓他萌生一股詭異的快感。打從以前就是如此。

『你穿了什麼衣服？』

徐翰烈隔了許久才終於拋出一個問題。白尚熙傾斜了手機把衣服拍給他看，接著慢慢擺正手機，讓鏡頭由下到上自然地掠過他的衣服和臉孔。徐翰烈那忙著檢視每一處的眸子終於對上了白尚熙的眼。

『真好看。』

「你會早點回家吧？」

『就說了今天沒辦法早走啊。』

「我一回去就會馬上洗澡，你不趕回來的話就看不到囉？」

『……奸詐的臭狐狸。』

「是你自己叫我傳照片的，又怪我喔？」

『不怪你怪誰。我會盡快趕回去啦，你要等我。』

「嗯，晚點見。」

白尚熙掛電話時習慣性地在螢幕上吻了一下。很努力裝作自己沒聽見的姜室長忍到現在終於發出了怪叫聲，還打開了所有車窗替車子通風換氣。「我頭髮會亂掉。」白尚熙不慌不忙地警告了一聲，姜室長只好怒瞪著他，不情願地重新關上窗戶。白尚熙唇畔浮現一抹大大的微笑來。

保母車在不久之後到達時裝秀會場。早已群聚的媒體們閃光燈一刻不停地狂閃，周遭因此變得燈火通明，看起來亮到不再需要其他光源。

車子停穩後，保全與工作人員朝他們走近。車門一開，外面浮動的空氣、混亂的氣氛及吵雜的聲音便從門縫鑽了進來，迫使他們不由得放大嗓門說話。

「歡迎池建梧先生的蒞臨，請讓我為您帶位。」

「好的。」

「你去吧，我會在附近等你，有需要的話隨時打給我。」

白尚熙正要跟著工作人員走，頓時停下動作，回頭看向姜室長。姜室長問他：「怎麼了？」從駕駛座探出半個身體，像是誤以為白尚熙忘了什麼重要的東西，慌張地環顧著周遭。白尚熙突然對姜室長拜託道：

「姜室長，待會有時間的話，可以幫我從家裡把車子開過來嗎？」

「車子？突然要車子做什麼？」

「拜託你了。」

白尚熙沒回答姜室長的問題，而是又再拜託了他一次，說完便跟著工作人員走了。

行進當中，工作人員簡單地向白尚熙介紹了活動流程，以及他需要完成的事項。首先，第一關就是要站在另外架設的攝影區供媒體捕捉畫面。

等到輪自己上場，白尚熙踩著皮鞋走向指定位置。才剛踏出一步，四面八方便朝他集中砲火。眼前一片刺眼白光，一時之間什麼都看不見，感覺就這樣瞎掉也不無可能。他的視野還來不及恢復正常，周圍各種要求已接踵而至。

「池建梧先生！請看這邊！」

「還有這邊也是！這裡這裡！」

「麻煩比個愛心！」

「請揮一下手！」

眾人要求他擺出一些不分時間場合的老套拍照姿勢。對此，白尚熙只是懶懶地兩手負在背後，分別望向正前方與左右兩側，然後頷首行了幾次禮便離開了攝影區。儘管身後傳來一連串抱怨聲，他也沒有在乎或理睬。

即便白尚熙已經入座，從時裝秀開始直到結束，全程都擺脫不了鏡頭的監視。就連他對某些服裝多看了幾眼，或往後撥了一下頭髮，這些小動作也會使嘈雜的快門聲加劇。不用去找來看也能猜得到，在這種情況下拍出來的照片，會被打上哪些欠妥的標題。

時裝秀結束後按照往例舉行了慶功派對。包含時尚界人士、藝人、美妝創作者在內的許多知名人士皆參加了派對。大伙都在拍攝要上傳到社交媒體的照片，進行著零碎的交談，以此累積交情與人脈。

白尚熙與同樣被選為全球大使的其他人融洽地互動，也和平常有數面之緣的模特兒和演員們簡單打了招呼。每個人見到他都邀他來杯香檳，但他準備找個適當的時機開溜，所以一概笑著婉拒。他可不想在今天這樣的日子裡喝醉酒。

不知是否沾到了用來代替酒的水果氣泡飲，感覺手上黏黏的，白尚熙進了附近的化妝室。暴露在過多的鏡頭和人群的視線之中，他也感到些許的疲憊。白尚熙打算洗完手、整理一下儀容，將心情調適好再出去。

他開始在無人的洗手檯洗手。過了一會，廁所隔間的門被推開，一名男子從裡面走出來，站在白尚熙的身旁。白尚熙並未多加留意，不，應該說他起初並不打算注意，若不是那人身上的微妙香味觸動了他的敏感神經，他應該會完全忽視那個人的存在。

那是他曾經聞過的味道，而且是很明確地刻在他的知覺裡。白尚熙為了弄清楚這股既視感的來源，特地抬起了頭，隨即和鏡中的男人視線接觸。男人老早就在看著白尚熙了，剛對上目光，他便露出耐人尋味的微笑來。

「池建梧先生，好久沒見到你了。」

白尚熙定睛一看，這張臉倒是有點熟悉。是在哪裡見過這個人？他試著從過往記憶中翻找男人殘留的身影，頓覺情緒低落，體溫驟降，胸口開始發涼。這意味著，至少男人在白尚熙的潛意識裡並沒有留下好的印象。白尚熙始終不吭一聲，就只是看著對方。男人於是「啊」了一下，遞出了自己的名片。

「這是我們第一次實際見到面吧？這是我以前在用的名片。」

白尚熙沒有接下名片，只低頭看了一眼。上面寫著「《The Catch》記者文成植」。文成植……腦海中浮現的片段記憶迅速拼湊在一起。

白尚熙確實是沒有和文成植直接見過面。最近一次見到他是在姜室長憂心之下找來看的YouTube影片當中。他在頻道中表明了自己是《The Catch》出身的記者，在觀看次數最高的影片中用「演員A男」來稱呼白尚熙，拿他的過去大做文章。

白尚熙感到有些困惑，因為在此之前，他聽說文成植曾經以獨家報導的方式揭露過自己和日迅家族的關係。文成植按照徐翰烈單方面編撰的腳本寫成報導，意謂著這名記者要麼曾和徐翰烈進行過某種交易，要麼是徐翰烈的親信。然而他現在卻又想把自己給拉下馬，令人好奇他的真正目的到底是什麼。

我知道你的那些事——文成植眼神所傳達的這句直白訊息溼漉漉地舔過白尚熙的後頸。不明的厭惡感傳遍了全身，讓白尚熙的警覺心增強到極致。

他一直在留意文成植身上擾亂他神經的那股味道。聞起來像四十多歲男性經常使用的潤膚乳香味加上文成植身上的體味後，混雜而成的一股特殊的氣味。白尚熙曾經聞過這味道，就在回家祭祀的徐翰烈突然決定在飯店過夜的那天。他去日迅飯店套房接徐翰烈的時候，在那裡聞到的就是這股氣味。

徐翰烈當時把某人叫到他的房間裡，一起喝了紅酒。那名陌生人在房內待了頗長的一段時間，導致他身上特殊的香味還殘留在房間內。出於某種原因，徐翰烈不惜撒謊，堅決閉口不言、掩蓋事實。既然對方是文成植的話，那麼一切就都說得通了。

「徐本部長別來無恙吧？」

一聽到文成植開口問候徐翰烈的近況，白尚熙眼睛下方抽搐了幾下，沒有表情的臉變得陰沉起來。文成植愉快地看著他的反應，發出顯得有些卑賤的笑聲。

「先前曾去拜訪過他一次，但是後來就算捎去問候，他的態度也都很冷淡，不曉得是不是對我有什麼誤解，讓我有點擔心呢。」

對方是個記者，無論如何，最好還是不要跟他產生任何瓜葛。

「不太清楚，我沒聽他說過。」

「喔，是這樣啊？可是你們好歹名義上是兄弟，不是應該辛苦的時候互相安慰，有困難的時候彼此幫助嘛？」

就算白尚熙撇開了關係，文成植還是笑嘻嘻地貫徹著自我意圖。他似乎善於用柔和的語氣將人逼至牆角。若被他掌握到了致命弱點，恐怕不管是誰都只能受他擺布。這個人大概一直以來都是以這種手段來操控目標人物的。

問題在於，白尚熙的反應跟他原先的預期有所出入。白尚熙根本不受影響，他甚至不像一般人那樣具備自我保護的本能。這一回也不例外。

「有事要找翰烈的話不應該跟我說，應該要跟翰烈約吧。如果按照你的推測，翰烈是有意躲著你的話……」

白尚熙拖長句尾，用刻意對人品頭論足的目光，慢慢將文成植從頭到腳打量一遍。

「他大概是覺得，花那個時間見面不太值得吧。」

文成植看著他眼中的輕蔑，「哈」地笑出聲來。白尚熙一點也不在乎地用紙巾擦乾手上的水分，然後將紙巾扔進一旁的垃圾桶。就在他正要離開的那瞬間——

「跪舔別人胯下混吃混喝的傢伙還那麼跩……」

一句類似自言自語的嘀咕聲從白尚熙背後傳來。儘管小聲，卻一清二楚地進入了白尚熙的耳中。他很慢地轉過身看著向文成植，對方則是從滑落一半的眼鏡後方覷著他嘻嘻訕笑，彎起的雙眼裡滿是恥笑之意。

「所以說，就算所有事情都被揭穿，你也無所謂囉？」

「我看你是搞錯了什麼……」

白尚熙終於張開了緊閉的嘴。文成植頓時有了幾秒的退縮，因為白尚熙落在他身上的眼神如同對待一件無機物，無半點情緒波動。

「就算那麼做，也只是害你自己丟人現眼，白白浪費時間罷了。」

白尚熙從出生到現在曾無端地捲入了許多是非之中。而那些挑釁的人，通常看到對方越是驚慌失措，就越感到興奮，沉醉在一種讓對方陷入窘境的莫名喜悅裡。

白尚熙很擅長對付這種人，也很懂得讓他們一下子就低頭服軟的方法。

「如果你還是覺得非做不可，那就照你的意思做吧。」

「……你說什麼？」

「我說，你有種就把所有事情攤開在大眾面前啊。」

白尚熙語調尖酸地丟出這一記回擊。冷漠的眼神與沒有一絲動搖的表情看不出有任何的遺憾。反倒是裝出泰然模樣的文成植眉頭越皺越緊。遲遲沒有從白尚熙身上看到他想要的反應，似乎令他相當失望。

「不過是稍微紅了一點就囂張起來了啊，池建梧先生。」

「我啊，沒有什麼其他本事，就是還滿耐打的。有誰想要來攻擊我的話，那就給他打囉？沒什麼大不了的。」

「蛤？」

「別再無聊沒事去試探翰烈了，反正拿這種小事來威脅他也是沒用的。真不得已時，我也可以讓你的手中的把柄變得毫無用武之地。」

「你要怎麼做？」

「召開記者會就不就行了？可以拿來威脅人的那種東西，其他記者們一定也很感興趣。或是選擇更簡單的方式，直接在社群媒體自爆也可以。」

白尚熙聳聳肩膀，說完便頭也不回地走化妝室。這並非虛張聲勢，也不是單純為了化解眼前危機的某種應對技巧。只要是會危及到徐翰烈的東西，他早已做好拋棄一切的準備。白尚熙所取得的所有成就，本來就離不開「徐翰烈」這個大前提，何況這些都是早在他癡癡等待徐翰烈醒過來時就已經捨棄的東西。事到如今，也不可能再有半點的留戀或不捨。

使他積壓在心中難以釋懷的，反而是徐翰烈一直以來總想獨自承擔所有的困難與壓力這件事。白尚熙很難估算文成植以自己的過去為藉口折磨了徐翰烈多長的時間，因為徐翰烈一次也沒有表現出來過。

『是不是有發生什麼事？』

『沒有啊。』

『你的表情看起來不太好。』

『我被公司還有祭祀的事搞得很累啊。』

就連白尚熙察覺到異狀詢問時，他也急於掩飾，否認說著沒什麼。徐翰烈隱瞞的真的只有文成植這件事嗎？說到底，這件事的當事人明明是自己，他卻不打算問問自己的意見，究竟是想保密到什麼時候？白尚熙的疑問接二連三地浮現。都已經知道了卻裝作不知情，繼續等他主動告訴自己，這樣做對嗎？他在心中自問。

不，必須馬上見到徐翰烈才行。在開始胡思亂想之前，要先和他當面談過才可以。

白尚熙立刻朝出口走去，同時拿起手機打電話給姜室長。

「喔，姜室長，車子開過來了嗎？嗯，我現在要出去了。」

白尚熙麻煩他把車先發動好，一邊加快步伐。這時忽然有人認出他：

「哇，這是誰呀？池建梧先生？」

他反射性地轉頭看向聲音來源處，心急不已的臉龐上顯現出煩躁的神色。說著「走這麼快是要急著去哪」的，不是別人，正是徐宗烈。時裝秀進行期間明明不見人影，看來是現在才抵達會場。這個人還是這麼沉迷於扮演名流人士的遊戲嗎？如屏風般圍住他們的人群也紛紛朝白尚熙投來好奇的目光。

「都不曉得原來我們家的人也來了呢。」

緩慢走近的徐宗烈冷笑道。他的那群朋友也在一旁笑得有些詭異。參加派對的時尚雜誌編輯們對兩人的相遇表現出了極大的興趣。白尚熙和徐翰烈交情甚篤是眾所周知的事實，但是徐翰烈和徐宗烈這對堂兄弟檯面上的關係卻不太和諧。眾人似乎對於白尚熙與徐宗烈的關係會是如何感到十分好奇。

「最近你的身價可真是不得了了啊？隨便開個電視就會看到你，街上或戶外廣告也都貼滿了你的臉，我感覺好像每天都會見到你呢。」

徐宗烈做作地發出「啊」的感嘆，點了點頭：「出賣了那麼賺人熱淚的往事，當然要趁機多吃些紅利嘛。」

「你現在想說的是什麼？」

「幹嘛對家人這麼無情咧，最近有和白部長聯絡嗎？我聽人家說她帶著小狼狗男友吃香喝辣的，要是你們有通電話的話，幫我問候她一聲啊。這麼說起來，你們母子倆還真是從外像到內，連做出來的事都一模一樣。」

「沒有要講什麼重要事的話，那我就先走了。」

白尚熙對他點了一下頭，正轉過身，後方冒出一句挖苦的話來。

「自以為是的傢伙，就是因為這樣才會被人說閒話嘛。」

白尚熙再次停下腳步注視徐宗烈。徐宗烈故作誇張，露出驚訝的表情：

「你不知道？傳聞都在說你變大牌了。現在只要講到池建梧就會跟著提到我們日迅的名字，拜託你管理好你的自身形象啊。」

「……」

「也是啦，都成了現代版的灰姑娘，誰還會想起以前那些一起在泥坑打滾的朋友？和他們在一起只是降低自己格調而已，對吧？這種心情我是最了解的。」

徐宗烈不斷發出卑鄙的笑聲。他的同夥們也跟著他嘻嘻哈哈地竊竊私語，眼睛對著白尚熙上下掃視。感覺在場的時尚雜誌編輯和記者們都高高豎起了耳朵。

白尚熙並不在乎別人怎麼看待或詆毀自己，但假如這件事會牽連到徐翰烈，那情況就不一樣了。這是白尚熙沒有態度強硬地回擊或當場掉頭走人的唯一理由。

在快要忍無可忍之前，白尚熙再度表明了自己的去意。

「既然都來了，好好玩一會再走吧。我有點忙，就先失陪了。」

「不行啦，這麼久沒見面，要一起敘敘舊啊。」

徐宗烈陡然攫住白尚熙手臂。白尚熙毫無溫度的視線落在自己被抓皺的袖口上。徐宗烈放開緊抓的手，親切地替他撫平起皺的部位。

「趁我好聲好氣的時候給我聽清楚了，我會跟你講這些，是因為你搞不清楚自己的處境地位，那副氣燄囂張的樣子我實在是看不下去了。仗勢著徐翰烈寵你，就以為自己好像很行了是吧？」

「請你放手。」

「你眼睛怎麼回事？不知天高地厚的狗崽子，那樣斜眼瞪我是想怎樣？」

持續的挑釁讓白尚熙咬緊了牙根。他抓住徐宗烈搭在自己手臂上的手，慢慢把他從身上拉開。在周圍的人看來，此刻絕不是什麼緊張危險的場面。然而被扣住手的徐宗烈臉色卻明顯漲紅了起來。白尚熙的力氣大到讓他感覺自己的手骨隨時有可能會被捏碎。徐宗烈連忙甩開手，從白尚熙的掌中脫逃出去。

「你他媽的……好啊，你就繼續囂張下去吧，我就看你手上的救命繩得意的日子還剩多久。」

「什麼？」

莫名其妙的一番話讓白尚熙眉間皺起。徐宗烈笑得神氣，朝他湊近，親暱地拍拍他肩頭在他耳邊說道：

「還會是什麼？你用老二付出勞力辛苦換來的那條繩子，現在變得一點都不牢靠了，蠢貨。」

白尚熙抬起頭看著他。徐宗烈一邊輕笑一邊向後退開，愉快地欣賞著白尚熙皺眉不悅的反應。

白尚熙微微嘆了口氣。

「有話就好好說清楚，我聽不懂你在說什麼。」

「不是聽不懂，而是不願接受事實吧？那小子快死的時候放話說自己不需要結婚，現在身體好了就開始相親了呢。對方還是下屆總統候選人的女兒呢。不過既然是兩邊家族協議的婚事，應該會照計畫進行吧？不然徐翰烈今天怎麼不來呢？」

白尚熙完全不知道這件事。他甚至沒從徐翰烈那邊聽過任何類似的消息。今天沒來參加時裝秀不是單純因為要加班的關係嗎？徐翰烈因為工作忙到無法抽身也不是一天兩天的事了，所以白尚熙更無法相信徐宗烈的話。他想這一定是徐宗烈故意要刺激自己，為了離間自己和徐翰烈的計謀。

儘管他對此抱持深信不疑的態度，心臟卻沉沉地「咚咚」跳了起來。對方為何要編出這種一跟徐翰烈確認就會被拆穿的謊言？

白尚熙一把揪起徐宗烈的領子。徐宗烈被糊里糊塗地抓住衣領，拽到了白尚熙的鼻子前。一時間，周遭的目光全集中在兩人身上，氣氛也失控地躁動了起來。

「怎樣？又想揍我一拳？你揍啊，混帳傢伙，這次我可不會再放過你，我要徹底搞垮你的人生！」

身材矮小的徐宗烈勉強踮著腳尖站立著，卻一副趾高氣昂的嘴臉。循著這場突發騷動而來的文成植竊喜著拿出自己的手機。不過，將眼前一觸即發的畫面拍下來的人，可不只他一個。眼見發生這樣激烈的情況，守在會場各個角落的保全一個個走來兩人身旁。

「請不要這樣。」

「請放開手向後退。」

在保全的介入下，徐宗烈臉上露出勝利者的笑容來。沒想到，白尚熙在下一秒將他一把拉近自己，圍觀的人群不禁發出小聲的尖叫和哀號，本能感知到危險的徐宗烈也閉緊了眼睛。

然而就這樣過了好半晌，所有人害怕發生的衝突場面並沒有在眼前上演。白尚熙只是貼近徐宗烈的脖子，歪著頭嗅聞他身上的味道。包含徐宗烈在內的所有在場人士，都對始料未及的事態發展感到困惑。

「我還想說哪來的臭味這麼刺鼻……」

白尚熙喃喃自語地咕噥著，瞬間放開了徐宗烈。他不過是鬆開手而已，徐宗烈卻像個喝醉酒的人一樣踉踉蹌蹌。大概是自己也覺得這種模樣很狼狽，徐宗烈瞪著白尚熙冷峻的臉，氣得大口喘氣。白尚熙居高臨下地望著他，動了動唇瓣：

「原來是大麻味啊。出門前也稍微洗個澡吧，畢竟還是要顧及家族的顏面。」

「你……你說什麼？你這王八蛋！」

「看你一直在胡言亂語的，是不是還嗑了冰毒？」

接連提及大麻和冰毒後，所有人的視線再次聚集在徐宗烈身上。徐宗烈先是一臉懷疑，然後歪頭往自己肩膀聞了幾下。白尚熙看著他的動作「噗」地噴笑，改口道：

「還是是你之前沾上的味道還沒散掉？」

徹底被愚弄的徐宗烈整張臉一陣紅一陣白的。

「你這混帳！」

「所以啊，誰會信一個毒蟲的鬼話呢？你說我和翰烈怎樣？我過去做了什麼？啊？就算你再怎麼嚷嚷，大家也只會以為是你產生幻聽或幻覺。我看在搞垮我之前，恐怕是你的毛髮會先被警察拔光。」

「竟然敢瞧不起我，你好大的膽子！」

「所以幹嘛老是來找不同層級的傢伙吵架呢，降低自身格調。」

「蛤？」

「還是，其實徐宗烈代表是也想和我混熟才這麼做？」

「在說什麼？你是真的瘋了嗎？」

「有那個時間擔心別人，不如先顧好自己的人際關係。你身上味道那麼重也不提醒你一聲，這算哪門子的朋友？」

低喃完挖苦他的話，白尚熙分別瞥了徐宗烈和他身旁的那群人一眼，隨後便轉過身。瞬間無事可做的保全們尷尬地摸摸鼻子退了開來。文成植和其他看熱鬧的群眾失望地咂咂嘴，只好收起手機。唯獨沒事招惹別人卻害到自己的徐宗烈還氣得上竄下跳。

「你站住！我叫你給我站住！你這個王八蛋！」

飆罵的聲音在空氣中飄蕩著傳播開來，馬上被音樂聲所掩埋。白尚熙沒有回頭，大步走出了正在舉行派對的大廳，就連途中有誰向他打招呼他都沒能細看。朝停車場走去的他不知何時臉色變得非常僵硬。

『你用老二付出勞力辛苦換來的那條繩子，現在變得一點都不牢靠了，蠢貨。』

白尚熙在前往停車場的路上、在見到姜室長，拿到車鑰匙的那一刻，一直到他將追問發生什麼事的姜室長拋在後頭，把車子開出去的時候，徐宗烈的那句話都盤旋在他腦海裡，揮之不去。

難道是徐翰烈的健康狀況出了什麼問題嗎？可是從來也沒看他表現過什麼異狀。時裝秀開始前和徐翰烈通電話的時候，他的態度也都一如往常。甚至心情看起來是很不錯的。

白尚熙在想，會不會又有什麼事只有自己被蒙在鼓裡了？突然冒出來的相親和結婚又是怎麼回事？他覺得腦中一團亂，說什麼也無法相信徐宗烈的話，更不願意去相信。

他不是現在才又開始懷疑徐翰烈，他只是需要向本人確認一下而已。他希望徐翰烈聽完這樁荒謬的事能告訴他那都是亂說的，那種鬼話哪能相信，然後大肆嘲笑他一番。白尚熙一心抱著這個想法，什麼都不管地衝去找人。

『我很想知道你最近在想些什麼。我不斷努力觀察，自己一個人傷透腦筋，可是還是猜不到你的想法⋯⋯』

『現在還不能講，之後再說。』

白尚熙仍然不是很瞭解徐翰烈。關於他的事都是徐翰烈告訴自己，要不然就是自己仔細觀察後發現的。他最近都在忙什麼、如此滿腔熱血想實現的是什麼、他的計畫有沒有什麼絆腳石或擔心事，白尚熙竟是一個都答不出來。這樣還能自稱是徐翰烈的監護人嗎？無論他如何奮力壓抑，昔日的那種無助感還是猝不及防湧了上來。

不對，這種事不該獨自苦惱。只要見到徐翰烈，和他談過之後，問題就能通通獲得解決。沒必要被徐宗烈的挑釁牽著鼻子走而貿然判斷情勢。他搖搖頭，甩掉那些始終縈繞在腦子裡的愚蠢想法。

白尚熙加快了車速，打開所有的車窗幫車內換氣。恰逢這時有電話進來。他趕緊查看來電，結果是姜室長打來的。暗自期待的一顆心無力地下沉。他的手離開車窗開關，按下了通話鍵。

「欸，你在哪裡？哪有這樣突然說走就走的啊！」

電話一接通就傳來了怒氣沖天的嘮叨聲。他沒有向姜室長說明事情原委，抓了鑰匙便急忙出發，也難怪姜室長會如此傻眼。現在應該要讓滿心擔憂焦躁的姜室長安心才對，問題是此刻的白尚熙沒有餘力冷靜地應付。

「姜室長，抱歉，我現在有急事要用電話。」

「喂喂喂，別掛斷！你是真的沒什麼事吧？」

「嗯，我沒事。」

「聽說派對現場氣氛不太對啊？還有人說你和誰打了一架，你確定不會上新聞嗎？」

「就說沒事了，我之後再聯絡你，掛了。」

「欸！等等，建梧！池建梧！」

白尚熙果斷地按下結束通話按鍵，緊接著馬上撥電話給徐翰烈。特有的連接信號音開始響起。可是等了老半天，電話都沒有被接通。是在開會嗎？白尚熙考慮是否該留個訊息說自己現在要過去找他，可是很快地又放棄這個想法。現在他需要的是某種明確的證明。

他飛快地趕到日迅人壽的辦公大樓前。都已經晚上九點，辦公室卻還到處都開著燈。徐翰烈此時也在裡面的某處疲於處理工作嗎？一種奇妙的虧欠感壓在胸口。

正當白尚熙仰頭呆呆望著辦公大樓，冷不防傳來的一陣警示音令他猛然回神。一輛車從地下停車場開了出來。他無意之中投去的視線遂卡在那裡遲遲無法挪開。正要駛上道路的那臺車和徐翰烈平常乘坐的轎車是同樣的車款。

那是許多大企業高層們愛用的一款轎車，可是一般大多選擇黑色款。而徐翰烈的車以及剛才駛出停車場的那臺同樣都是白色的，所以特別引起白尚熙的注意。該不該打電話跟他確認一下？白尚熙短暫思考了一下，決定先默默地跟著那臺車走。

他隔開一些距離，徐徐開車尾隨著。不時進入視線範圍中的車牌號碼是他很熟悉的數字，確實是徐翰烈的座車沒錯。在後方車頭燈的照映下隱約可以看出人形輪廓，看來車上是載了人的。專用商務車應該也不可能出借給其他人搭乘。

這個時間到底是要去哪裡？是工作提早結束了？要是提早下班的話，他應該會像往常一樣和自己聯絡一聲的。假如是太累了，想要到處晃晃喘口氣，剛才也沒有理由不接自己的電話。

白尚熙的胃不舒服地滾絞，裡面上湧的某種東西衝破了臨界點，一波波地激起反胃感。他越發用力地咬緊後端臼齒。

不一會，徐翰烈的車子開上一條熟悉的道路。這是要開往位於清潭的一棟白色建築，也就是日迅自己經營的餐廳。白尚熙聽徐翰烈說那裡長期用來招待客人，好像一直是白盈嬅在負責管理的。因為用途如此，平常都不會有人來，所以他也經常和徐翰烈到那邊用餐。不但不需要在意周遭視線，那裡的整體裝潢和服務，以及他們的餐點都是一流的，是非常適合用來約會的場所。

徐翰烈在這個時間到那邊去的理由會是什麼？是有客人要招待嗎？

白尚熙將車子暫停在外面，看著徐翰烈的車開進停車場。假如徐翰烈約了某人在那裡見面，約定時間很有可能訂在整點。白尚熙決定要再多等一會。他熄了引擎的火，盡量不發出動靜，只是一直盯著窗外。

不知過了多久，又一輛豪華轎車駛進了靜謐的小巷。像是在尋找地點，車子放慢了速度，最後停穩在白色建築物的停車場前。入口的鏡頭識別到那輛車的車牌號碼，柵欄隨即緩緩升起。車上的人很明顯是徐翰烈的客人。

是為了業務上的事情見面嗎？對方是男的？還是女人？不管是怎樣，有什麼理由會需要讓他對自己說謊？

『那小子快死的時候放話說自己不需要結婚，現在身體好了就開始相親了呢。對方還是下屆總統候選人的女兒咧。不過既然是兩邊家族協議的婚事，應該會照計畫進行吧？不然徐翰烈今天怎麼不來呢？』

白尚熙不禁使力握緊了方向盤，眼神炯炯地瞪著再次毫無動靜的那棟建築物。

『今天也會晚回家嗎？』

『嗯，確定要加班了。反正你也會很晚回來不是嗎？』

『本來是想看情況早點走的。』

不想相信。

『我會盡快趕回去啦，你要等我。』

簡直不敢相信。又不是別人，他可是徐翰烈。

白尚熙這輩子從來不會去依賴別人給的愛。就算是如煙火般轟轟烈烈美麗燃燒的愛情，總有一天終究是會冷卻下來的，所以過去他一直是抱持著死心斷念的態度。無論是白尚熙自己或是對方，彼此互相利用完了，就心平氣和地分手告別。不管結束得多麼突然倉促，他都不會因此感到生氣或難過。

以前的他明明是那麼乾脆的一個人，他不曉得現在的自己為何會感到如此煎熬。胸口也好，腦子裡也好，甚至感覺雙眼都有一團火在燃燒。單單只因為徐翰烈欺騙了自己。而且這一點甚至還尚未獲得證實。

「……」

白尚熙默默調整呼吸，再次發動引擎向餐廳開去。他聽說那裡的出入口受到嚴格的管控，會預先登記來訪車輛的車牌號碼以便感應。可是一旦訪客離去後，車牌號碼也會被立刻刪除。白尚熙先前雖然跟徐翰烈來過好幾次了，但他也不確定自己的車現在能否順利進出。

車子停到柵門前，前方的攝影鏡頭發出紅色雷射光進行感應。沒幾秒，隨著一聲響亮的提示音，紅燈變成綠燈，柵欄跟著升起。

白尚熙把車緩慢駛進停車場。率先映入眼簾的是徐翰烈的座車。而停在它對面的即是剛才白尚熙見到的那輛屬於訪客的車子。兩輛車上都沒有司機或隨行人員。似乎是建築物內部設有專門讓他們休息等待的區域。

白尚熙將車子停在一邊，然後進了電梯。電梯裡淡淡的熟悉香味再次驗證了徐翰烈曾經來過這裡。揉雜在其中的幽微香氣讓他確定了訪客的性別——是個女人。

白尚熙掏出手機來檢查徐翰烈是否有跟自己聯絡。沒有未接來電的紀錄。他按下通話鍵，一邊打給徐翰烈，一邊按下一樓到四樓的所有樓層按鈕。只有四樓的樓層燈亮了起來。接著手機另一頭傳來了語音提示，表示電話無法接聽。

於此期間，電梯也在四樓停下。門剛打開，白尚熙便快步走出電梯。發現白尚熙的出現，餐廳經理睜圓了雙眼。

「池建梧先生？您怎麼突然來了，有什麼事嗎？」

「翰烈他在這裡嗎？」

「是的，不過現在正在招待客人……」

白尚熙沒等經理把話說完，便快步朝裡面走去。四樓一共設有四間單獨包廂。其中只有一間門口擺著鞋子。

白尚熙朝那裡走近，看到了徐翰烈擺放整齊的皮鞋，並排在旁邊的一雙女鞋也清晰地映在他眼底。一股滾滾熱氣從體內往上竄至喉嚨，幾乎就要爆發而出。白尚熙做了個長長的深呼吸，才好不容易平復激動的心緒。

對方是女人，不代表就一定是相親的對象，也有可能只是在跟業務上的相關合作夥伴見面。如果是這種情況，徐翰烈確定要加班的那句話也不算是在騙人。

白尚熙一再找藉口來合理化徐翰烈的行徑，慌張追上來的餐廳經理卻在這時攔住了他。

「本部長有交代說不能讓任何人進來，麻煩請您先離開這裡，到樓下去等待。我會幫您轉告本部長的。」

經理盡量壓低了聲音，生怕被裡面的人聽到，模樣看起來像是在煩惱是否該趁現在聯絡警衛，還是避免引起不必要的騷動。白尚熙定定地注視著那扇緊閉的門扉，提出了一項交換條件。

「你只要回答我一個問題，我得到答案就走。聽說現在在裡面和翰烈見面的人，是下屆總統候選人的女兒，這是真的嗎？」

「咦？這個……」

經理神情為難地躊躇不決。不是的話就直接否認就好，沒有什麼理由這樣支吾其詞。除非是被白尚熙說中了什麼，不然經理也沒必要整個人嚇得微微一震。

轉眼之間，白尚熙面色已完全失去了溫度。他輕鬆揮開經理的手，一刻不猶豫地朝門前走去。

「那個、等一下……池建梧先生！」

經理還來不及再次阻止，白尚熙已經一秒打開了門。包廂內面對面而坐的兩人同時轉頭看向門口。無預警撞見白尚熙，徐翰烈也驚訝地僵在原地。「搞什麼啊？」女人則是蹙緊眉頭表示了她的不滿。短短片刻像是永恆那麼長。

彷彿要盯穿徐翰烈的白尚熙忽然踏進房內，當著餐廳經理的面無聲地關上了門。接到通知趕來的警衛們什麼也不能做，只能在一旁等待著經理的指示。

完全沒意料到事情會出現此一發展，女人轉頭瞪向徐翰烈，要求他給出一個交代。然而徐翰烈也同樣對眼前的狀況感到不知所措。

「現在是怎樣？」

女人的聲音中帶著怒意，似乎不單純只因為白尚熙的突然闖入——她捏緊在手裡的水杯就是證據。水杯裡的水溢出來濺溼了女人的手背，桌上也積了一灘水。白尚熙大概是在某種熟悉場景即將發生的前一刻碰巧闖了進來——比如說，也許女人正想把那杯水潑到徐翰烈身上。

白尚熙一言不發地坐在兩人中間的位子，悄悄奪走女人手上的杯子放在桌上，還拿餐廳的溼毛巾蓋在她手上。女人一臉的錯愕。

接下來，白尚熙的目光轉移到徐翰烈身上牢牢釘住。徐翰烈淺色的瞳孔不安定地游移晃動。他不曉得白尚熙到底為什麼會跑來這裡、為什麼看起來這麼生氣，一時腦中十分錯亂。

「既然氣氛好像也不是很愉快，不如今天就先到此為止如何？」

白尚熙語調淡漠的對女人勸說，視線卻自始至終黏在徐翰烈身上。

「最近，記者們對我很感興趣。」

白尚熙用他特有的散漫口吻喃喃著，兩隻眼睛還是盯著徐翰烈。徐翰烈起先怔愣地看著他，聞言後眉間漸漸皺了起來。

「我被拍到什麼畫面，或傳出什麼消息都無妨……但那邊那位，可能要比較小心一點了。」

白尚熙說得雲淡風輕，這時才轉頭朝女人看去。只見他稍微挑起眉梢，像是要對方自己判斷做出選擇。女人也不是不認識他，最近不管走到哪都能看到他的廣告，想要不認識也難。

要是今天和徐翰烈的見面有達到預期中的成效也就算了，在什麼好處都沒拿到手的情況下，萬一讓記者狗仔逮到機會，不小心傳出緋聞的話可就不妙了。尤其對於一個家世背景、權勢、財力、學歷皆無可挑剔的人來說更是如此，鬧出花邊新聞不過是徒增煩惱、讓自己的風評變差而已。

「真是讓人不爽，請你務必為今天的事向我道歉。」

女人從座位上騰地起身向外走。她一把打開門，餐廳經理和警衛們尷尬地站在門外。經理反應很快地跟在女人身後送她出去。留在原地的其中一名警衛看了看徐翰烈的臉色，悄聲替他們關上了門。

直至此時，白尚熙的目光一刻也不曾離開徐翰烈過。徐翰烈的臉頰周圍被他懾人的視線扎得莫名發燙。

包廂內的空氣在令人難受的沉默中逐漸凝固。白尚熙的手在這時忽然覆上徐翰烈，抓住了他的手。徐翰烈不自覺地一縮，握住他的那股力量於是變得更加強勁。

「我一直在等，等你願意親口告訴我。」

像是在自言自語的咕噥聲並不激動或尖銳，反而可以稱得上是溫柔的輕言細語。但徐翰烈被白尚熙攫緊的那隻手卻有種快要粉碎性骨折的感覺。

「翰烈啊，你現在也該給我一個解釋了。」

——《Sugar Days 03》待續

高寶書版集團
gobooks.com.tw

CRS067
Sugar Days 02
슈가 데이즈 2

作　　者　少年季節（Boyseason）
譯　　者　鮭魚粉
編　　輯　賴芯葳
封面設計　犀萬
排　　版　彭立瑋
企　　劃　李欣霓

發 行 人　朱凱蕾
出　　版　朧月書版股份有限公司
　　　　　Hazy Moon Publishing Co., Ltd.
地　　址　臺北市內湖區洲子街 88 號 3 樓
網　　址　www.gobooks.com.tw
電　　話　(02) 27992788
電　　郵　readers@gobooks.com.tw（讀者服務部）
傳　　真　出版部　(02) 27990909　行銷部 (02) 27993088
郵政劃撥　19394552
戶　　名　英屬維京群島商高寶國際有限公司臺灣分公司
發　　行　英屬維京群島商高寶國際有限公司臺灣分公司 / Printed in Taiwan
　　　　　Global Group Holdings, Ltd.
法律顧問　永然聯合法律事務所
初版日期　2025 年 5 月

슈가 데이즈 1-3
(Sugar Days 1-3)
Copyright © 2022 by 보이시즌 (Boyseason, 少年季節)
All rights reserved.
Complex Chinese Copyright © 2025 by Global Group Holdings, Ltd.
Complex Chinese translation Copyright is arranged with BOOKCUBE NETWORKS CO.LTD
through Eric Yang Agencyic Yang Agency
ALL RIGHTS RESERVED

國家圖書館出版品預行編目 (CIP) 資料

Sugar Days / 少年季節（Boyseason）著；鮭魚粉譯 . -- 初版 . -- 臺北市：朧月書版股份有限公司出版：英屬維京群島商高寶國際有限公司台灣分公司發行 , 2025.05
面；　公分 .--

譯自：슈가 데이즈 2

ISBN 978-626-7642-22-1 (第二冊：平裝)

862.57　　113005377

凡本著作任何圖片、文字及其他內容，
未經本公司同意授權者，
均不得擅自重製、仿製或以其他方法加以侵害，
如一經查獲，必定追究到底，絕不寬貸。
版權所有　翻印必究